象徴の騎士たち

スペンサー『妖精の女王』を読む

早乙女　忠

松柏社

象徴の騎士たち

スペンサー
『妖精の女王』を読む

目次

一　ミルトン

一

　スペンサーの『妖精の女王』は一般に考えられているほど単調な一律不変の詩ではない。多くの研究者は、スペンサーがウォルター・ローリー卿宛書簡に書きつけた作者としての意図、「高潔にして優雅な訓育によって紳士または高貴な人士を陶冶する」ことを疑う余地のない前提として受けいれている。だが、この書簡は一種の献呈詩、さらには弁明の文章であり、それによってこの作品の性格を規定する必要はないだろう。作者の意図を裏切るような記述が本文中の随所に見られるのである。『妖精の女王』は、その時代の広範な人文主義的な風潮のなかにあって執筆されたことに間違いはなく、人文主義はその中枢に教育を据えていた。しかし『妖精の女王』を書きすすめるスペンサーの創作衝動を突き動かしていたものは、特定の教訓的、歴史的な寓意だけではなかったと思われる。

『妖精の女王』は全六巻、ほかに若干の断片を加えて、三三七〇二行からなる巨大な叙事詩であり（『イリアス』に『オデュッセイア』を加えた総行数よりなお六千行ほど長く）、陳腐また退屈を感じさせる箇所が多々あるであろう。しかし『妖精の女王』を、教訓的な詩句の集成として読めば、華麗だが単調といった印象の作品になりかねないが、それらの詩句を連続させ、関係づけ、あるいは対位法的に配置することによって、物語の進展に応じ真に立体的な風景が開けてくるように思われる。その風景は綜合的、複線的、重層的であって、風景の全貌はたえず複雑に変化する。そのことが多義性を印象づけ、矛盾を際立たせることになるだろう。矛盾、多義性は、『妖精の女王』の特色である。そうしたことを解明するための包括的な物語美学のようなものが求められるのである。このことを念頭において、まずスペンサーをミルトンと較べ、ついで第一巻について考察することにしたい。

スペンサーをミルトンと比較するのは、ミルトンを近代性、合理性の代弁者と見立てた上でのことである。二詩人の類似点を明らかにするのも意味のあることだが、アングロサクソン系の宗教的叙事詩として両者の共通項を括るだけではすでにして旧態である。『妖精の女王』の一巻本注釈版（一九七七年）の序に、A・L・ハミルトンが書いているように、「……『賢明にして思慮深い教師』といった十七世紀のミルトン風のスペンサーに、言葉の練達な技巧家としての初期ルネサンス的なスペンサーをつけ加える必要がある」という主張が、近年のスペンサー研究の共通の認識であるように思われる。(一)『妖精の女王』と『失楽園』に共通するように漠然と考えられている倫理性よりは、両作品に反映する構造上の相違、語り方の変化、ひいては自我表現の変貌をたどる方が、両作品の魅力を浮き彫りにすることができよう。

　ここで制作年代、出版年代について記すと、『妖精の女王』は第一巻から第三巻までが一五九〇年に出版され（ローリー卿宛書簡はこの時巻末に収められた）、第四巻から第六巻までが最初の三巻と併せて一五九六年に刊行された。それらの大半は、スペンサーがアイルランドに移る一五八〇年以降に筆をとった模様である。一五九〇年版に寄せたオーモンド伯宛の詩で、スペンサーは、この作品を「荒涼たる大地が産んだ野生の実」と呼んだ。ちなみにモーリーン・クイリガンは、スペンサーと政治的権力を関連させて論ずる文脈のなかで、「……『妖精の女王』において騎士たちが足首まで血糊につかって争う因習的な戦闘は、すべてアイルランド総督グレイ卿の秘書スペンサーにとって単に修辞的な表現ではない」(二)と記す。他方『失楽園』は、ミルトンの甥エドワード・フィリップスやオーブリーによれば、一六五八年から六三年にかけて執筆されたという。友人のトマス・エルウッドは一六六五年に完成されたと証言している。一六六七年刊。『妖精の女王』と『失楽園』

の執筆には七十年あまりの隔りがあることになる。

この七十年ほどのあいだに、詩人が詩を書く情況はどう変ったか。そのことを究めたいのだが、そのために、ミルトンよりさらに下って『妖精の女王』が刊行されて一世紀あまり、アディソンが書いた「偉大なる英詩人を評す」と題する詩（三）を掲げることにしよう。ミルトンが当面した詩の問題、あるいはミルトンが生きた時代の文学的な消息が明確な形で察知できると考えるのである。

ついで古《いにしえ》のスペンサー。彼は詩の霊感に燃え、
往古の物語によって未開の人たちを興じさせた。
いまだ粗野にして文明に欠ける時代で、
道の見分かぬ原野、人訪わぬ湖沼、
龍の住む洞穴、魔法にかけられた森に向って、
詩人の空想に導かれるまま、だれもがそのあとに従った。
だがかつては楽しかった神秘の物語も
もはや理知の時代の人士の心を魅了することができない。

アディソンは「理知の時代」（an understanding age）にあって、『妖精の女王』を「往古の物語」として葬り、粗野未開の時代の産物として退けようとする。だがアディソンの筆の運びを見れば、彼自身が「詩人の空想に導かれるまま、……そのあとに従った」ようにもみえる。スペンサー的空間といえる原野や湖沼や洞穴や森がアディソンの心の奥深く焼きつけられていたろう。すでに失われた魔法の森への憧れが透けてみえるようなのだ。しかし右の詩句は、「長々と紡いだアレゴリーの数々がつらなり、退屈な教訓が底の方からあからさまに姿を見せる」と続く。アディソンは倫理的な寓意性に躓いて、スペンサーの複雑な物語を読み抜くことができなかった。少なからぬ現代の読者にとっても（かりに『妖精の女王』の主要部分を読んだ人であれ）、事情は同じなのかもしれない。現代も「理知の時代」を継承し、現代性を過度に自覚した二十世紀初頭の英米のモダニストたちのスペンサー無視が（それはミルトン批判の痛烈さを伴わなかったにせよ）、いまだに私たちの記憶から去らないのである。

近代の劈頭に立つ叙事詩人ミルトンは、朧げながら「理知の時代」の到来を予感していた。ミルトンはある時期に（一六三〇年代早々か）、アーサー王伝説を叙事詩の主題として取り上げようとしたが、しばらくしてその計画を放棄してしまった。アーサー王物語[四]は、伝統的なイギリス年代記、いわゆるブリテンものの主流を占める。トロイの王家の血をひくブルートゥス（ブルータス）がアルビオンを征服し、これをブリテンと改称、「新たなるトロイ」（Troynovant）を建設したとされる。この「王国西漸」（translatio imperii）の伝承とともに、アーサー英雄譚は広くルネサンス期イギリスに流行していた。スペンサーは、『妖精の女王』各巻を結ぶ人物としてアーサーをおいた。「いにしえの王」（rex quondam）アーサーは「来るべき王」（rex futurus）でもあり、グロリアーナとアーサーを結びつけることは、現に統治する女王エリザベスと理想の王の一体化という夢を語ることに等しい。『妖精の女王』二巻十篇で、作中のアーサーとサー・ガイアンがそれぞれに繙く『ブリトン年代記』と『妖精国故事』が並列され、アーサー王伝承は妖精物語によってさらに神秘化されて、神話と歴史は不可分なものとなる。

十六世紀後半のイギリスにあって、アーサー王伝説は、なおなかば歴史、なかば神話として人びとに語りつがれていた。神話的幻想は、現実の不安の克服、あるいは不安からの脱出のために、重い意味をもっていた。その世紀の中葉、メアリー一世統治下の殉教者のことを、エリザベス朝人はまだ忘れてはいない。メアリー即位から三年、宗教改革者ラティマー、リドリー、さらに大主教クランマーが火刑に処せられ、何百と数えられる平信徒が生命を奪われた。メアリーのあとを嗣ぐエリザベスに対する人びとの期待は脹らみ、遠からずして女王は中世期のマリア崇拝に近い畏敬・尊崇の対象とされるに至った。スペンサーはエリザベス朝的な女王崇拝者として、エリザベスをアーサーの後裔として称えてやまない（二・一〇・四ほか）のである。

カーモードがエリアーデの神話形成論に触れて述べるように、スペンサーは古代人のごとく「出来事を神話に転化する」のではなくして、「神話を出来事に転化する」[五]。ミルトンがアーサー王を非現実として退けたこととは対照的に、スペンサーは神話を信じえた。トロイからローマへ、さらにトロイノヴァントへと移行する神話的な王国は、ミルトンの念頭に全くないとはいえないだろうが、『失楽園』ではそれが人類始祖の神話に転換される。だが、『妖精の女王』は、女王賛美の詩であるとはいえ、いささかの条件付けが必要だろう。神話的物語を包みこむロマンス様式が、スペンサーにとって充分に安泰だったわけではないのだ。『妖精の女王』において、様式、または様式を支える精神が揺ぎはじめる。スペンサーはつねにエリザベス朝人の夢を生きる詩人ではなかった。

ロマンスの詩人スペンサーは、『妖精の女王』第一巻の序・第一連で、「はげしい戦闘と忠誠な愛がわが歌の寓意を明らかにしよう」と記し、騎士レッドクロスが奇々怪々の化物や悪の化身と戦いをくりひろげるはずの物語を予告する。だが「はげしい戦闘」の最後を飾る龍退治のまえに、「瞑想」と名付けられる老聖者が騎士に警告するのである。

後世に名を残す勝利をかちえて
騎士たちの間でひときわ高く盾を掲げたならば、
その日からは地上の征服を避けて、
血に濡れた戦場の罪過を手から洗い落すがいい。
血潮からは罪が、戦いからは悲しみが生れるだけなのだ。

（一・一〇・六〇）

一義的なスペンサーはいないのである。ハミルトン版は注釈中に、この老聖者の騎士道に関する矛盾した表現を説明するものとして、「行動と瞑想の中世的二元論」（ロバート・エルロッド）と「自我の内部の葛藤と決意の過程」（ジューディス・アンダーソン）の二つの解釈をあげている。一方は伝統的なテーマの名残りを、もう一方は近代性の萌芽を見る意見だが、スペンサーのうちにロマンスと反ロマンスが対置されているととるべきである。アイルランド征圧に加担したことがすでに影響を及ぼしているのだろうか。スペンサーの胸中にロマンスや神話に対する懐疑が芽吹いていた。だが神話に対する不安よりも神話受容の幸福な精神の方が支配的であり、反ロマンスの徴候は時折見られるだけで、第五巻までロマンス批判はロマンスの語りの統一のなかに吸収される。ミルトンにあってはこのスペンサー的矛盾は拡大し、作品のなかにロマンスと神話に対する懐疑と不安が色濃く滲みわたり、ミルトンは神話をレトリックまたは詩的な比喩として利用するのである。スペンサーのグロリアーナに相当するものがミルトンの詩神だろうか。スペンサーの悠々たるロマンスの統一性に代わるものが、ミルトンにあっては神と悪魔が相対抗する世界をうたいあげる荘重な詩的音楽だろうか。

詩が神話と訣別した時に危い位置に立たされる。合理性優位の時代的潮流にまきこまれたミルトンは、分裂した自我――神話の受容と拒否――を詩の世界そのものとして描く。『失楽園』に先立つ散文のなかにも、新たな時代の到来が影を落としている。ミルトンの「離婚論」を分析するR・ケネス・カービーによれば、(六)宗教改革の第一世紀は聖書釈義の方法として理性を軽視し、ルターをはじめとする初期の改革者は理性を信仰の敵と考えたが、ルター、カルヴァンの死後の一世紀にあっては後期宗教改革の神学者たちは理性を復権させ、理性を信仰の上位におく「プロテスタント的スコラ主義」を形成したという。ミルトンは離婚擁護を訴えるに際して、理性を根拠にしてその正当性を主張したのである。

ハーマン・ラパポートは、ミルトンの散文を含む諸作品を、「後期ルネサンス・前期啓蒙主義のテキスト(七)」(post-Renaissance and pre-Enlightenment texts) と規定する。ラパポートは、ミルトンが「哲学者と神学者の時代」に詩作することの困難を訴えるのだが、いかにして理性を矯めることなく「哲学者と神学者」に想像力の魔法をかけるかが、ミルトンのさしせまった課題となる。ラパポートの分析を借りていえば、ミルトンは、「観念論と唯物論のあいだの往復運動、あるいはミルトンの側からすれば調停不可能な二つの立場を仲裁しようとする試み」をはたさなければならない。神話の時代、「神秘の物語の時代」は終ろうとしている。スペンサーの時代をエデンとすれば、ミルトンは楽園追放以後に生きた詩人である。ラパポートをもう一度引用すると、

問題になるのは、ミルトンが危機に直面していたという事実である。ダンテの『神曲』のような、紛れもない描写的、具体的、図像的な詩が書けなくなった。ミルトンは、文化がそうした素朴さを越えてしまった時代、哲学が本来非唯物的《インマテリアル》なものであるために抽象的なものを個々の具体的なものの上位におく時代に生きていた。(八)

ミルトンと対照的な詩人としてあげられるダンテをスペンサーと読み変えれば、スペンサーは、「描写的、具体的、図像的な詩」によって、あるいは神話と武勲的なロマンスによって、倫理的、さらには心理的な探求をすることが可能だったのである。神話的ロマンスの成り行きから、「迷妄の森」の彼方に（たとえはるか遠い地平線上であるにせよ）、

「瞑想の山」が聳えている。暗い森には伝統的な怪物が蹲っていて行く手を遮るかもしれないが、天の光を拝する山頂に到るためにはそれに相応しい導師が控えている。レッドクロスが「絶望の館」で自裁の誘惑にかりたてられても、いずこからともなくアーサーが現れる。また王女ユーナが不安げに英雄の帰還を待ちわびる。「迷妄の森」から「瞑想の山」に向う道筋が、自我の経験の軌跡を形造るはずである。

ミルトンは『失楽園』のなかで、理性の機能を想像力（あるいは空想）と関連づけて解析している。アダムとエバの堕落前夜、エバは夢のなかで誘惑者の蛇の誘いに応じ、禁断の木の実を味わって天空を飛び、イカルスよろしく墜落したことを夫に告げる。それに答えてアダムが夢について語る場面である。

……知っておくがいい。人間の魂には
理性なる主人に仕える様々な劣った能力が存在し、
そのなかで想像が理性に次ぐ位置を占める。
想像は、眠ることのない五感が
描きだす一切の外的な事物を基にして、

空想の所産や空漠たる形態をつくり上げる。
理性はそれらを結びつけたり、引き離したりして、
人々が承認したり、否定したりするものを、
また知識、意見といわれるものを形成するが、
やがて肉体が休息すると、おのれの私室に退く。
理性が退くと、真似好きの想像が
眼を覚まして理性を模倣する。だが想像は
種々の形を誤って組み合わせ、夢のなかでは
遥か遠い過去のことや、また近頃見聞きした言葉や行為を
手当り次第に並べて奇怪なものに仕上げる。

（一・五・一〇〇—一一四）

これは夢についての分析であるとともに、想像力の研究である。ファウラー版は、「理性が……おのれの私室に退く」という箇所で、「私室」（cell）が比喩ではなく、「脳室」を意味する当時の一般的な専門用語だったと注釈している。総じてアダムは神話中の登場人物とはいえず、理性を優位におく「理知の時代」の知識人という印象をあたえる。

ミルトンの理性重視は、『失楽園』の全体に滲透している。大天使ラファエルがアダムに告げる天地開闢の物語のなかで、善悪両天使軍の戦闘の直前に、いわゆる「ミルトンの神」が英雄（熾天使）アブディエルに語りかける一節がある。その荘厳な啓示の声が、サタン反逆の由来を、一に、正しい理性をおのれの律法として認めぬこと、二にメシアを王として崇めぬことに帰している（六・四一―四三）。「正しい理性」（right reason）とは、ストア的、スコラ主義的な recta ratio を訳したもので、倫理的な性格が濃い言葉だが、それは十七世紀神学の「合言葉」（ファウラー）だった。不吉な夢を見たエバを戒めるアダムは、やはり十七世紀のアダムである。

スペンサーにとって、夢は深く神秘に包まれている。『妖精の女王』一巻一篇、「迷妄の森」で女面蛇身の怪物を打ちとったレッドクロスは道を行くうちに、黒衣の老修道僧に身をやつす邪悪の化身アーキメイゴーに出会う。レッドクロスは、案内されるままに、谷間の奥深く、森の蔭に立っている粗末な草庵に向う。スペンサーにとって聖浄のイメージは小高い丘や山岳に体現され、修道の場に相応しいかにみえる谷間は概して邪悪を暗示する。その寝室で眠るレッドクロスは淫らな夢を見る。同行するユーナが放埓な誘惑者となってレッドクロスと戯れるといったものだが、レッドクロスには夢と現実の区別がつかず、ユーナを疑い、これから長いあいだ（第八篇の中程まで）、ユーナと別れて放浪を続けることになる。その夢をつくるのがモーフィアス（モルペウス）である。アーキメイゴーは、小さな虫のように飛びかう悪霊をモーフィアスが住む洞窟につかわす。

悪霊の一人が、大気の散乱する空を
また広々と深い大海原を通って
モーフィアスの館にひたすら急ぐ。
この住処は険しい地の底、
夜明けの陽のたえて射さぬところ。
海に住むティーシスがモーフィアスの濡れたベッドを
たえず洗い、うなだれ続けるこの男の
頭を月の女神シンシアが銀の露にひたし、
陰気な夜があたりを黒いマントで覆う。

（一・一・三九）

ここは地の果てか死の国か、と思わせる描写である。嵐たける空と原初の海の彼方、常闇《とこやみ》の洞窟を、海神オケアノスの妻テテュス（ティーシス）、月の女神アルテミス（シンシア)、また夜の女神が支配している。「大気の散乱する空」、「広々と深い大海原」、「険しい地の底」は、もう一つの宇宙、天地未生の混沌を連想させる。モーフィアスの洞窟はオウィディウスの『変身物語』に倣った叙述(一一・五九二—六三二)で、オウィディウスは、眠りの神の奥殿には「およそ一日のあいだ日がささない」し、「地面から雲霧が立ちのぼり、朦朧とした薄明がたちこめている[九]」と叙するが、スペンサーの方がはるかに神秘性が濃い。スペンサーには、遠いアングロサクソン人が見た、荒涼たる不毛な自然が尾をひいているのだろう。

モーフィアスはここで意識を失った人間のように昏々と眠っている。

モーフィアスを安らかな眠りに誘うため、
高い崖から滴り落ちる滝の流れと
尾根を濡らし続ける霧のような雨が、
群がる蜜蜂のようにひゅうひゅうと
吹く風と混じりあい、彼を深い昏夢に陥れた。
他の物音は聞かれぬ。城壁で囲まれた町の衆を
いつも焦立たせる騒ぎ声もなく、

鈍い静けさが、敵どもに煩わされずに
　永遠の沈黙に包まれて横たわる。

（一・一・四一）

蜜蜂の羽音や城塞町のざわめきといった日々の生活に親しい比喩が暗い自然描写に加えられて、理知によっては説明しがたい世界が出現する。いにしえの時代の自然観と現実の観察がこの館をみごとに視覚化するのである。

アーキメイゴーの使者はモーフィアスから人の心を惑わす夢を手に入れ、眠れる騎士レッドクロスにこの夢をあたえて、深い迷いに追いこむ。ミルトンのアダムは、「想像が種々の形を誤って組み合わせ、……遥か遠い過去のことや、また近頃見聞きした言葉や行為を、手当り次第に並べて奇怪なものに仕上げたもの」が夢なのだと解説する。そうした二種類の描き方は両詩人の詩的方法を典型的に示している。ミルトンは「紛れもない描写的、具体的、図像的な詩が書けなくなった」。『妖精の女王』の読者は、「意味を解く前に見る[一〇]」（マッカフリー）というわけだ。だがスペンサーの視覚的なイメージは謎を秘めている。夢というものがすでに謎である。ここでは倫理的なアレゴリーに煩わされることはないが、モーフィアスの洞窟は、秩序ある現実をたえず侵蝕しようとする混沌の不安を伝えている。

イメージと謎、明確さと不透明、私たちは果てしなく両者のあいだを往復する。

　C・S・ルイスが、「シンボリズムは思考の様式であり、アレゴリーは表現の様式である」(一一)と書いている。この公式が直接スペンサーに適用されているわけではないが、ルイスは、アレゴリーが「非物質的なものに想像的な肉体を付与する」という傾向を強調し、「物質的なものが見えない世界の暗示となる」シンボリズムの要素をアレゴリーから排除している。アレゴリーがしばしば明解すぎる表現法であるために「表現の様式」と定義したのだろうが、スペンサーにも、「物質的なもの」を結合して「見えない世界」を指し示す方法が発見できるであろう。マッカフリーがルイスの公式に不満をみせ、「偉大なアレゴリー詩人の神学と哲学を明らかに共有しながら、アレゴリーを劣ったものとする全然異質な後期ロマン派の見解を踏襲するのは奇妙である」(一二)と批判するのも一理あるといえる。

　見えないものを見えるものとして描く様式と、見えるものによって見えないものを暗示する様式が、スペンサーに共存しているのである。前者の方法が素朴単調なものとして今日退けられがちなわけだが、単純さを越えてナンセンス風なヒューマーを生む場合をここで見ておきたい。ルイスによってスペンサーに欠けるとされた「イタリア詩人ボイアルドの諧謔性」に代りうるものといえよう。巨人オーゴリーオの館の管理人イグナーロ（無知）は老いた盲人で、弱々しい足を杖で支えて辛うじて歩き、「この人はおぼつかぬ足を前に動かすが、皺だらけの顔をいつもうしろに向けていた」(一・八・三一)。オーゴリーオは「背丈が一番背の高い人間の三人分を越えていた」(一・七・八)。愚かしいほど素朴な描き方だが、オーゴリーオがアーサーに殺される場面になると、このエピソードは無気味なナンセンスの気配を帯びる。

……息が胸から去るとすぐに
この巨人が支えていた巨大な体躯は
たちまち消えて、怪物めいた肉体の塊は
空の袋のように、無に帰してしまった。

(一・八・二四)

オーゴリーオは高慢を表わすアレゴリー的人物だが、スペンサーは怪物めいた肉体が「空の袋のように」無に帰したと記すことによって、神聖さ(アーサー)を前にした人間の存在感の稀薄さを伝えているようにみえる。

シンボリズムが一瞬のうちの詩的顕現であるのに対して、総じてアレゴリーは描写を拡張しながら物語を進める。そのために詩的結晶の純度が乏しくなりがちだが、詩句の拡張によって世界と人生の多くを包みこむ。詩句の拡張を端的に示すのが、古典古代由来の列挙《カタログ》の修辞法である。第一巻冒頭でレッドクロスとユーナが誘惑の森にさしかかるが、スペンサーは「一行は空に聳える樹々を賛えた」と記し、森の樹木の数々を列記する。

船体に使う松、誇らかに伸びた杉、
葡萄の支柱にされる楡、水気豊かなポプラ、
建材に使われる森の至高の王なる樫、
杖となる白楊《はこやなぎ》、墓地を飾る糸杉。

強力な征服者と思慮に富む詩人の
栄誉とされる月桂樹、樹脂の涙を流し続ける樅、
捨てられた恋人がかざす柳、
弓造りの意のままに撓う石櫧《いちい》、
槍や矢となる白樺、水車用の猫柳、
苦い傷から甘い血を滴らす橄欖《かんらん》、
戦車の車軸となる橅《ぶな》、何にも使えるとねりこ、

実り豊かなオリーヴ、広く枝を張る鈴掛、
彫刻用のときわがし、なかが空ろな楓。
（一・一・八―九）

樹木の列挙は、チョーサーやその後景にいるオウィディウスの手法に影響された、光彩にみちた詩的叙述である。オウィディウスは、オルペウスが「響きのよい弦をかき鳴らすと、たちまち樹々が飛来して、陰ができる。樫の木がやって来る。……ポプラたちもやって来る。高い葉をつけた柏、しなやかな菩提樹、橅、処女ダプネがなり変った月桂樹も……」（『変身物語』(一三)）といった描写によって、竪琴の弦を弾じて樹木をひきよせ、森の陰をつくりうる、詩人の聖なる能力を歌いあげる。スペンサーも妖精の国の詩人として、「神々の血を引く楽人」とされるオルペウスとの芸術的血縁を文字に刻みこもうとする。スペンサーの描写は、一定の観念に統御されることなく、活気にみちた言語の作用により自然の豊穣と生命力を漲らせる。ところがスペンサーの樹木の群は「迷妄の森」を形成し、そこは星の霊気の届かぬ場所であった。曖昧な自然そのものであり、そこには怪物が棲息していた。自然と超自然がそれぞれに威力を発揮し、相互に力を放ちあい、宏大無辺の「妖精の国」が出現する。それはこの叙事詩に親しむ読者に徐々に蓄積されてゆく富となる。時間をこえたものと、時間のなかにあるものの共存というスペンサーの詩的構造が明らかにされるのである。

二

『妖精の女王』は、『オデュッセイア』や『アイネーイス』と同じく、旅の物語、帰還の物語である。いずれも主役の英雄が諸方を彷徨し、未知の経験をするのだが、『妖精の女王』は、「ぶどう酒色をした」地中海ならぬ、荒寥たる往古のアングロサクソン的原野を舞台とする。第一巻は、「その身卑しからぬ一人の騎士が野に駒を進めていた」の一行で始まる。この騎士は戦さの経験を積んだ智将というわけではない。「いかなる詐謀にかけても、オデュッセウス殿は段違いに卓越しておられた」(一四)（『オデュッセイア』第三巻）とか、「世にアイネーアスよりも正しい者はなく、その忠誠と戦いと武器の操縦においても彼に勝る者はいなかった」(一五)（『アイネーイス』第一巻）といった賞賛とは無縁で、「この時まで剣や槍を使ったことがない」、人生にも武具にも経験に乏しい青年であった。アーキメイゴーの策謀によってエロティックな戯れの夢を見た若い騎士は、「扱いかねる情欲(unwonted lust)のはげしい衝動と、間違いを犯すのではないかというかねて抱く不安

(wonted fear) におそわれて寝台から起きあがった」(一・四九) と描かれる。青年らしい禁欲的な態度を地口によって示す効果的な表現である。この騎士の旅は、若々しい探求の旅、一つずつ謎を解きあかす認識の旅、認識によって成長していく経験の旅だといえよう。

騎士レッドクロスは旅の過程で、様々な城や館や洞窟を訪れ、奇々怪々な異形、邪悪の化身たる男女、獰猛な異教徒の騎士に遭遇する。地獄のような地下牢で死の危機を経験するが、「忍耐」と名づけられた医師に肉体 (自我) を切開され、あるいは天上の新しいエルサレム (ヤコブが夢に見た梯《はしだて》) を拝し、ついに醜悪巨大な龍に刃向う。荒野を行くレッドクロスの前には、その真相を隠した未知の世界が拡がり、この若武者はおもむろにその世界の消息を知ることになる。hidden, secret また true-seeming といった修飾語や、seem, show さらに feign などの動詞が何回となく繰返し使われていて、そのことがまず『妖精の女王』の秘儀性、幻想性を伝える。不透明で謎めいたものが長く隠されたあげくに明らかにされて、物語が進展する。『妖精の女王』は規模壮大な迷路なのだ。

語り手は、レッドクロスについて「馬の乗り手はいかにも雄々しい騎士にみえた」(一・一、二・一一) と告げる。彼の花嫁になるユーナは、「心に秘かな不安を抱いているようにみえた」(一・四)。こうした文章の調子は変らない。彼らの名前すら直ちにあかされるわけではない。レッドクロスは、老呪術師アーキメイゴーがレッドクロスの姿そのままに変身する第二篇に到って、「その老人が似姿を借りた当の騎士、本物のセント・ジョージ（レッドクロス）は心の悩みと抑えがたい憤りから逃れて、遥か遠方を放浪していた」（二・一二）という叙述のなかで名前が指示される。ユーナの名は、アーキメイゴーがレッドクロスを誑かそうとして悪霊をユーナに変身させた時、その姿は「ユーナと見紛うほどだった」と、間接的な表現によって告げられる。そうしたことがスペンサーの物語の本質をなしている。『妖精の女王』はもう一つの「変身譚」であり、真実の人物と変身者を慎重に識別することを読者に要求する。スペンサーにとって現実は不安定で揺ぎやすく、つねに混沌界と接している。

これらの人物たちはしばしば相互に類似した行動をとるが、そのことも不透明で多義性にみちた謎となる。ユーナの美しさはしばしば太陽の輝きに譬えられる（『妖精の女王』の世界は光も闇も濃い）。レッドクロスが旅立ち、取残されたユーナがひとり荒野や森を彷徨し、ついに歩き疲れて日蔭の草地で憩う時、「その天使のような顔は天の大いなる眼のように光を放ち、日蔭の場所に陽光を注いだ」（三・四）と記される。ところが「高慢の館」の女主人ルーシフェラは、「まばゆい黄金と類まれな宝石を身につけて、日輪《テイターン》の光芒のごとく処女王」（四・八）として、あまたの従者たちに君臨する。魔女デュエッサも

「きらめく黄金や宝石で身を飾り、太陽のように輝く」(五・二一)。ユーナは自然の光を、他の二人は人工の光を放つのだが、いずれも燦然たる光に包まれている。ルーシフェラやデュエッサはユーナの「象徴的パロディ」[一六](ノースロップ・フライ)なのである。「毎日パテル・ノステルを九百回、アヴェ・マリアを九百回の三倍も唱える」(三・一三)盲目のコーシカも、「高齢のため生来の視力を失ったが、霊なる眼は、太陽を見すえる鷲のように、みごとに鋭く聰い」(一〇・四七)老聖者「瞑想」の明白な「象徴的パロディ」である。本体とパロディーを識別することが困難な世界がレッドクロスの前方に拡がっている。こうした世界にあってアーサーの助力と教育、ユーナの絶えざる忠告、医師「忍耐」の献身的な治療を受けながら、レッドクロスはゆるやかな変身をとげる。騎士レッドクロスは、欲望の抑制、絶望の拒否、時間をこえた世界の認識への道を辿ることになる。スペンサーが描く地獄の世界がそれらのことを考える手掛かりとなるだろう。

　スペンサーの地獄巡りは次のように始まる。デュエッサは、サンズジョイがレッドクロスから受けた傷を医師アイスクラピウスに加療を依頼するために、祖母に当る「夜」の助けを借りてプルートー(プルートン)の館を訪ねる。プルートーの館は当然「死の家」であり、デュエッサと「夜」はそこで永劫の罰に苦しむ数知れぬ罪人たちを見るのである。

イクシオンは天の女王を罪に誘うほどの
無謀な罪を犯したために火焔の車輪に縛られて旋回し、
シシュポスは山に向って巨大な丸い岩石を
押し上げるが、この仕事は終ることがなかった。
喉の渇いたタンタロスは顎の辺りまで水につかり、
禿鷹がティテュオスの肝を喰らい、
テュポーンは拷問台で四肢を引き伸ばされ、
テーセウスは掟により生涯不動の刑に処せられ、
五十人のダイナスは穴のあいた器で水を汲んでいた。

（一・五・三五）

イクシオンはゼウスの妻ヘラを凌辱しようとし、ティテュオスはゼウスの恋人レートーに邪恋をしかけ、テーセウスは冥界のペルセポネーに挑んだ。シシュポスは神々を怖れぬ邪悪なコリント王であり、タンタロスは神々の秘密を洩らし、テュポーンはたえず神々を脅かした。前の三人は聖なる女神を襲う罪、後の三人は神々に逆らう罪の罰を受けている。五十人のダイナスは婚礼の日の夜、ただ一人ヒュペルムネストラを除いて、父親の命令に従い自分たちの夫を殺害した。彼女たちも愛の罪人だった。

次いでデュエッサと彼女の祖母「夜」は、「死の家」の暗く深い洞穴で鎖につながれたアイスクラピウスを訪ねる。美男の快活な猟人ヒポリタスは義母に誘惑され、それを拒んだために彼女の讒訴によりネプチューン（ネプトゥーヌス）に殺されて、ばらばらに切り刻まれた。ヒポリタスの死体を元通りに縫いあわせ、蘇生させたのがアイスクラピウスだった。死者の再生という神々のわざを死すべき者が代行したとして、この熟練の医師はスペンサーによって地獄の洞穴に閉じこめられた。（アイスクラピウスは、レッドクロスを治療した医師の象徴的パロディだろう。）デュエッサらは急ぎルーシフェラの宮殿に戻るが、目指す宿敵のレッドクロスはすでにここを去った後だった。レッドクロスの従者である小人が宮殿の地下牢を見て、その模様を主人に知らせ、レッドクロスは漸くここが悪魔の館であることに気付いたのである。プルートーの館に続く形で「高慢の館」の地下牢が描写されているので、読者からすればそれは地獄図の続篇となる。今度は神話から歴史に転じ、傲岸不遜をもって鳴るバビロンのネブカドネザルからクレオパトラに至る、夥しい国王、将軍、政治家、女王、王妃たちが囚人として捕われている。彼らも高慢と情欲の罪に塗れた人物たちである。

しかし地獄を垣間見たのは、「夜」とデュエッサを除けばレッドクロスの従者であり、レッドクロスではなかった。私たちは、同一平面の後景に地獄が描かれ、それに直接視線を向けずにレッドクロスが道を進む絵図を見るのである。地獄はレッドクロスの心的内部に存在し、レッドクロスは改めて地獄を直視する必要はないのだろう。事実レッドクロスは、しばしば道を誤る「迷える騎士」だった。（レッドクロスが、ひたすら聖杯の探求にはげむマロリー描く騎士サー・ガラハッドと対照的であることが指摘されている。[17]）レッドクロスは、フラデュビオ、サンズフォイ、オーゴリーオらとともに、デュエッサと情欲の関係を結んだろう。「高慢の館」を去った後、レッドクロスはフィデッサを名乗るデュエッサが追いかけてくるのを迎え、彼女と戯れ、「砂地の上に身を横たえて、水晶のように澄んだ流れる水を飲んだ」（七・六）。この泉にはフィービーの呪いがかけられ、それを飲む者は活力を失う、とスペンサーは（オウィディウスの記事に倣い）書いている。水は伝統的に情欲（あるいは生命力）を表わす。「身を横たえて（lying downe）」水を飲む行為は性的な行為を象徴する、とジョン・シュレーダーおよびハミルトンは解釈する。

　レッドクロスの「経験」の縮図また原型としてフラデュビオの情欲の衝動をあげることができる。フラデュビオはデュエッサに誘われて、恋人のフリーリッサを捨てて顧みなかった。ところが、ある日デュエッサがマヨラナやタイムを混じた水で体を浄めようとするのを見る。デュエッサはいつもの妖艶な美女ではなく、醜怪な老婆だった。彼女のもとから逃れようとしたフラデュビオはデュエッサの呪文にかけられて、樹木に変身させられた。『アイネーイス』第三巻（二二―四八）や『神曲』の「自殺者の森」の場合と同じく、レッドクロスがその木の枝を折ると、ねっとりとした血が滲むのだった。そして樹木に変身したフラデュビオがレッドクロスに哀れな愛の物語を告げる。それは私たちにとって忘れがたい。以下にデュエッサがおのれの肉体を曝す水浴の場面をあげる。

その奇形かつ奇怪な下半身は
水中に隠れていてよく見えないが、
女性の姿とは人には信じがたいほど
見るも恐ろしく、醜悪だった。その時から
私はこの女とのひどく獣のような交接を避け、
間違いのない機会が訪れたら
すぐにもここを去ろうと心に決めた。……

（一・二・四一）

スペンサーは後でもう一度デュエッサの肉体を描くが、そこではデュエッサはグロテスクな合成動物である。スペンサーの描く邪悪さはいかにも醜い。

下半身は同性の恥辱、わが純潔の詩神は
恥じて赤面し、筆をとりがたい。
尻に生えているのは狐の尾で
厭わしい汚物にまみれていた。
ひどく奇怪な足も見えた。
片足は貪欲な争いに備えて
鷲のようなかぎ爪をつけ、
他方の足は熊の荒々しい脚に似ていた。……

（一・八・四八）

伝統的な動物のシンボリズムによれば、狐、鷲、熊のイメージは、狡猾、貪欲、残忍を表わすとされる。「太陽のように輝く」ほどに飾られたデュエッサの「真の姿」は、キマイラだった。

レッドクロスはデュエッサと戯れ、堕落する。この青年騎士に死の危機が到来するのは、この後である。第一巻の長い旅を振返ってみると、「迷妄の森」で「過誤」なる怪物を破り、サンズフォイやサンズジョイとの一騎打ちに勝ち、またアーキメイゴーの庵や「高慢の館」を巧みに逃れたが、堕落後はオーゴリーオとの争いに負けて城の地下にある土牢に投げこまれ、「絶望の館」では自殺の誘惑に抗することができない。オーゴリーオの地下牢からレッドクロスを救うのはアーサーであり、叱咤して「絶望の館」を立去らせるのはユーナである。そしてユーナは即座にレッドクロスをシーリアの「神聖の館」に連れてゆく。オーゴリーオと敵対してから、「絶望の館」を逃れるまでの七、八、九篇がレッドクロスの「地獄篇」であり、世界の暗夜における自我の模索を描いたものだといえよう。六篇までの遍歴はそれ以前の修業期間であり、十篇以降の龍退治は、真の自我を確立した後の使命達成の記録ではないだろうか。

　アーサーがオーゴリーオを倒した後で、レッドクロスは、オーゴリーオの情婦となっていたデュエッサの正体を見る。ノースロップ・フライが、アーキメイゴーやデュエッサを龍と較べて、「ただの怪物は、どんなに厭わしいものであれ、真に邪悪とはなりえない。邪悪とは知性の悪用だからだ（一八）」と書いている。デュエッサは他の怪物と異なり、第一巻では完全に敗れることなく生きのびてゆく。アーキメイゴーとともに真に恐るべきである。

　レッドクロスは肉体の切開によって治療を受けなければならない。「忍耐」と呼ばれる医師がまず軟膏と薬物を投与するが、それだけでは完治しなかった。

騎士の病の根源をなす
内なる腐敗と汚れに染った罪過は
浄められもせず、癒されもせず、
化膿した傷は、皮膚と骨髄のあいだに
忍びこんでいて、ずきずき痛んだ。
医師は病気を根絶するために
騎士を秘かに暗い地下の部屋に隔離し、
ここで腐蝕剤を使い、厳格な食餌療法で
手に負えぬ病患を処置しようとした。

医師は勢いのはげしい体液を鎮めようと
衰弱した肉体を灰と亜麻布で包み、
傷の腫れを妨ぐために
毎日断食によって食物を制限し、

早朝と深夜に祈りを捧げさせた。
またふくれあがった傷が腐るごとに
いつも身近に控える付添人の「改心」が
それを灼熱したはさみで切りとり、
こうして身体には腐敗した箇所がなくなった。

（一・一〇・二五—二六）

肉体（自我）の手術に関するほとんどマゾキスティックな描写によって、レッドクロスの罪過は、傲り（「勢いのはげしい体液」）と情欲（「傷の腫れ」）であることが理解できる。またレッドクロスは、治療のためにオーゴリーオの館の地下にある土牢に似た「暗い地下の部屋」に隔離される。スペンサーは、罪過と再生の劇の舞台を意識下の小暗い闇のなかに設定する。レッドクロスは、地下の暗夜で彷徨い、同じように暗い場所で浄化を待つ。レッドクロスを十六世紀の「地下生活者」と呼んでもいいかもしれないのだ。

暗夜に迷う自我、つまり不安定な自我の不安は、世界の混沌に対する恐怖と接続するだろう。misshapen, deformed, misformed あるいは misborn といわれる夥しい異形の怪物たち、その最初の妖怪にレッドクロスが出逢うのは、「迷妄の森」においてであった。

スペンサーはその森について、「巨大な樹木は夏の盛りの緑濃い葉に覆われ、あたりに枝をのばし、天の光を隠し、いかなる星の威力も通さなかった」（一・七）と記す。星の霊気の及ばぬ欝蒼たる森は混沌の国である。ここは老シルヴァーヌスが支配する自然状態の森（六・七以下）と区別すべきだろう。シルヴァーヌスの森には、レッドクロスから引離された孤独なユーナを慰めるファウヌスやサテュロスが住んでいる。レッドクロスの前に立ちはだかるのは、つねに「迷妄の森」なのだ。

さまざまな迷妄の森で怪物たちに向うレッドクロスに、いつもユーナの声が聞える。レッドクロスが単身で勝利を収めるのは、単に兇暴なだけのサンズフォイやサンズジョイに対する時に限られる。ユーナの助けの声は、つねにレッドクロスの自我の覚醒を促がす。女面蛇身の怪物と戦ってレッドクロスが苦境に陥った時、ユーナは「あなたの真の姿を見せなさい」（一・一九）と声を強める。オーゴリーオの地下牢でやつれ果てたレッドクロスを見て、ユーナは「以前の姿をこんなにも失ってしまって」（八・四二）と歎き、最後の龍退治に先駆けて、「すぐれたご自身をさらに凌ぐ力を見せて下さい」（一一・二）と励ます。謎と不安にみちた旅のなかでレッドクロスが鍛えるべきものは自己自身だった。妖魔の住む荒涼たる原野で、レッドクロスが模索したのは、結局自分の「真の姿」だったことを、ユーナの言葉が告げる。こうしてレッドクロスは、情欲に脆いフラデュビオや、絶望するトレヴィザンの死の末路を辿ることなく、新しいオデュッセウス、新しいアイネーアスに成長する。第二巻の冒頭で、レッドクロスは「先きの禍害と労苦の試練から賢明で用心深くなった」と記されるのである。

註

(一) A. C. Hamilton (ed.), *The Faerie Queene* (Longman, 1977), p. vii.

(二) Maureen Quilligan, *Milton's Spenser: The Politics of Reading* (Cornell University Press, 1983), p. 12.

(三) Quoted in Paul J. Alpers, *The Poetry of The Faerie Queene* (Princeton University Press, 1967), p. 3.

(四) *Cf.* Isabel Rivers, *Classical and Christian Ideas in English Renaissance Poetry* (George Allen & Unwin, 1976), pp. 61-62.

(五) Frank Kermode, "Spenser and the Allegorists" (1962) in Paul J. Alpers (ed.), *Edmund Spenser* (Penguin Books, 1969), p. 298.

(六) R. Kenneth Kirby, "Milton's Biblical Hermeneutics in *The Doctrine and Discipline of Divorce*" in *Milton Quarterly*, vol. 18, no.4, (Dec. 1984), pp. 116-25.

（七）、（八） Herman Rapaport, *Milton and the Postmodern* (University of Nebraska Press, 1983), p. 1, pp. 2-3.

（九） 中村善世訳、岩波文庫下巻、一四一—四二頁。

（一〇） Isabel G. MacCaffrey, *Spenser's Allegory: The Anatomy of Imagination* (Princeton University Press, 1976), p. 41.

（一一） C. S. Lewis, *Allegory of Love* (Oxford, 1936), p. 48.

（一二） MacCaffrey, p. 24.

（一三） 前出、中村訳、下巻、六四頁。

（一四） 呉茂一訳、岩波文庫上巻、七二頁。

（一五） 田中秀央他訳、岩波文庫上巻、四一頁。

（一六） Northrop Frye, *Fables of Identity: Studies in Poetic Mythology* (Harcourt, 1963), p. 79.

（一七） Florence Sandler, "The Faerie Queene: an Elizabethan Apocalypse" in C. A. Patrides & Joseph Wittreich(eds.), *The Apocalypse in English Renaissance Thought and Literature* (Cornell University Press, 1984), p. 150.

（一八） Frye, p. 78.

二　時間

一

『妖精の女王』を第一巻から第二巻へ読み進めるうちに、スペンサーの叙述の方法が変化したという印象を受ける。これら二巻の物語構造も時間意識も相互に異質なものにみえる。いかに変ったか、なぜ変ったか。ハミルトンは端的に、第一巻を支配するものは「天国と地獄の垂直的展望」であり、第二巻の場合は「人間的世界の水平的展望」であると主張する（一）。旧来説かれたような「恩寵の秩序」と「自然の秩序」といった概念的な見取図にまさる、作品に則った美学的、批評的な指摘だと思われる。まず第一巻から吟味しよう。騎士レッドクロスがあまたの怪物たちと出会って彼らと戦い、また二度、三度と自裁の誘惑を抑えがたいものと感ずるが、「忍耐」という名の医師の治療を受けて活力を回復し、ついには天上の「美しい町」、「新しきエルサレム」を仰ぐことができ、龍退治に出掛けるという構図を見れば、第一巻を「垂直的」と称するのは充分納得できることである。白と黒、光と闇という対照的な領域を、スペンサーは天と地を貫く座標軸を置いて描ききったといえる。

ノースロップ・フライは各巻のクライマックスの場面を「認識の家」と名づけ、第一巻の「認識の家」として、レッドクロスが「新しきエルサレム」を望見するために心身の備えをさせられた「聖女シーリアの館」をあげる。（二）「認識の家」という観念は、『妖精の女王』の全体を通観する視点として卓抜なものである。だがフライを補足する言い方になるが、やはり「シーリアの館」に「絶望の館」や「巨人オーゴリーオの館」を対置しなければ、スペンサーの物語の魅力は解明できないだろう。『妖精の女王』は、気が遠くなるような長さによって描かれていて多様性と変化を特色とし、それゆえいくつかの個々の部分を並列対照することにより、読むという時間的な行為を経るうちに全体像が浮び上がる詩的構造をもっている。

「シーリアの館」（一巻十篇前半）は「絶望の館」（九篇後半）と近接するが（「ほど遠からぬところに古い家があり……」一・一〇・三）、「絶望の館」に「高慢の館」の地下牢や「オーゴリーオの館」の土牢が重ねられ、私たちは第一巻を読みながらダンテの地獄のごとく道を螺旋状に下降するようにして、レッドクロスとユーナ、また絶望する騎士トレヴィザンとともに「絶望の館」に辿り着く。

やがて一行は、あの邪悪な男が住居を構える
ところに着いた。そこは突兀《とっこつ》たる崖のはるか下、
空ろな洞穴の底に位置し、
ただ暗く、暗鬱、陰惨な場所、腐れはてた
死骸をいつもほしがる墓のようであった。
…………
あたり一面亡霊どもが叫び、呻いていた。

（一・九・三三）

他方「シーリアの館」から険しい山道を登ると「瞑想」と名づけられる老聖者の庵があり、
その老人がレッドクロスを山頂に案内するが、そこから天上に世界が開けている。

騎士が山頂に立って見つめていると
そこここで祝福された天使たちが

楽しげに連れだって高き天から下り、
親友同志のように打解けて
美しい町に入ってゆくのが見えた。

（一・一〇・五六）

下降に次ぐ下降から一挙に上昇に次ぐ上昇。「地下生活者」の洞穴から急上昇を続け、ついには「高き天」が望見できる場所に到達する。

第一巻が垂直的な展望に基いて構想されたことに関連して、『黙示録』の観点から終末論的な神秘家スペンサーを探る研究を見ておきたい。カーモードや、最近ではフロレンス・サンドラーは、『妖精の女王』第一巻を「テューダー朝（またはエリザベス朝）の黙示録」と呼ぶ。ユーナについて記せば、彼女はミカエルが龍退治を成就するまで四十二か月間、荒野に逃れなければならなかった「身に太陽をまとった女」（『黙示録』一二・一―六）に符合するという。(三) さらに歴史的アレゴリーとして考えれば、ユーナは、「つねに一つなるもの」（semper una）と称えられたエリザベス女王を象徴する。（因みに十七世紀の議会軍《ニュー・モデル・アーミー》は千年王国を信奉する「聖者たち」だが、彼らが『黙示録』からステュアート王朝打倒のための行動原理を学んだのに対し、エリザベス朝人はこれによってカトリック教会からエリザベスの権威を擁護しようとしたという。)[四]『黙示録』と『妖精の女王』第一巻の照応は人物やイメージにとどまらず、物語の展開の仕方に及ぶ。レッドクロスがユーナの元を立去る時、スペンサーは、「なんじは始めの愛を離れたり」(『黙示録』二・四)の一句を思いだしたといわれる。この美しい叱責の言葉に、第一巻の物語は倫理的に応答しなければならない。同時に、「始めの愛」が哲学的な観念に仕立てられ、それが第一巻の垂直的構造を支えるのである。

第二巻に至ってその垂直性が揺ぎ、倫理的明解さが稀薄になったように思われる。第二巻の筆をとるスペンサーは過剰な人間的情念に支配され、自己の内部に横溢するものを処理しかねているようにみえる。第一巻では物語が一定の方向を目指して進展するのに対して、第二巻は方向性を失う。ハミルトンが主張する「水平的展望」という言い方では不充分である。第二巻で二種類の原理が葛藤をみせるというだけではない。第一巻にも対立はあった。葛藤の決着が最終的につかないのである。かつて犯しがたい神聖なヴィジョンに対面したスペンサーがヴィジョンの裂け目を見た[五]というべきであろうか。そのヴィジョンの複雑さに気づき、ヴィジョンに豊かさが加えられたというべきであろうか。第一巻の物語が「直線的」であるのに対して、第二巻は「並列的」、あるいは後に考察するように

「往復運動的」、「円環的」構造をもつと考えられる。

第二巻の叙述が第一巻に比して著しく異なるところを列記すれば、まず主役の騎士ガイアンが訪れる邸や洞穴の数が著しく減じたことがあり、おのずから各エピソードの叙述の量が異常に増加する。スペンサーは溢れる想像力に促されて長々と語るのであり、同時にある主題について割りきって語りえないことを知ったのである。そのためにいくつものエピソードが謎めいてみえる。第二巻でフライのいう「認識の家」は、人間の肉体を図像化した「アルマの城」だが、その記述はアーサーの怪物マリジャー退治を含めれば、九、十、十一篇、計一八六連、第二巻の四半分に及ぶ。ガイアンはアーサーとともに、仔細に「アルマの城」の人体探訪を果たす。（九篇三十二連が、百科全書的詩人スペンサーらしく、膀胱、尿道、肛門の描写に使われていることに驚く。）「アルマの城」の中心をなすのは、頭脳を表徴する「堂々たる小塔」（二・九・四四）だが、その第三室にはユームネスティーズ（記憶）と名付けられた賢者が住んでいて、その部屋でアーサーが『ブリトン年代記』を、ガイアンが『妖精国故事』を繙く。スペンサーはその内容の記述に第十篇のすべてを費す。第二巻の全体から見ると、その長さが均衡を欠くことは否定できないだろう。

次いで正義の美神アストライアーを体現するベルフィービーについて記しておかなければならない。ベルフィービーの肖像画（二・三・二一―三一）は、トテルが刊行した『雑詠集』以来のエリザベス朝詩歌の頂点と看做すべく、一時代の抒情的結晶とされる。だが第一巻のアーサーの肖像（七・二九―三六）が物語の枠組に自然に収まるのに対して、ベルフィービーは唐突にあらわれ、品性粗野なブラガドッチオが情欲に駆られて彼女に抱きつこうとすると、忽ちにして立去る。しかも第二巻では二度と姿を見せないのだ。『妖精の女王』が未完の長篇詩であるために、少なからぬ登場人物が中途でスペンサーの視野から消え、物語の舞台を離れる。よく挙げられる例は、裸にされ打震えたまま作者に置きざりにされる美女セリーナ（六・八・五一）である。ベルフィービーは巻を改めて登場するはずだが、ここは一種の伏線の役割を果たすとはいえ、理想的な女性についての単なる示唆、あるいは抒情の戯れなのだろうか。

さらに黄金を生産する地下工場また巨大な夜の宮廷とも称すべき「マモンの洞穴」は、ガイアンにとってどのような意味があったか理解しにくい箇所である。第一巻にも洞穴、土牢、その奥に拡がる地獄がいくつか存在したが、それらは騎士のロマンスに相応しく、レッドクロスが戦って傷を負う経験の場だった。「マモンの洞穴」から帰ったガイアンは、三日のあいだ食物と睡眠を欠いたため疲労のあまり失神する。ガイアンの導師である老いた巡礼は、訝るアーサーに、「おぞましい闇夜の雲がいっとき眼瞼を覆い、この人の感覚は深い無感覚の波に溺れた」（二・八・二四）と告げるにすぎない。「絶望」の地下生活と並んで「富」の地下工場がある。潜在的な下意識において絶望と富がたえずガイアンを（またスペンサーを）悩ましてきたのだろう。

ガイアンは三日間マモンの誘惑を退けるにとどまり、彼と戦いを挑むことをあえて避けた。それに対して、魔女アクレイジアの住む「至福の園」を破壊するのは一瞬の間の出来事であった。「至福の園」は地上の楽園であり、淫靡な魔宮である。第二巻最終篇の後半は、その自然と人工が競うような美しさと、そこで繰り拡げられる官能的な欲望の描写に終始する。だがその片鱗は第五篇に物語のなかの物語という形で（デュエッサの一族で、情欲に自制心を欠くサイモクリーズの経験として）描かれ、すでにそれを私たちは読んでいる。底知れぬ官能的な愛欲に耽るサイモクリーズの姿を前にして、パイロクリーズの従者アティンは、「サイモクリーズ様、いや違う、サイモクリーズ様の影だ」（二・五・三五）と叫ぶ。さらにアクレイジアに仕える気儘な美女フィードリアが小舟を操って漂う「安逸の湖」や、そこに浮ぶ無人島も、「至福の園」の悦楽を予告する（六篇後半）。ここではガイアンは誘惑を切りぬけるが、いよいよ「至福の園」に近づくや、その心は甚だしく揺れる。噴水のなかで二人の裸体の乙女が戯れつつ水浴するのを見て、志操堅固なはずのガイアンが、「まじめな歩みを幾分か緩め、その不屈な胸は秘かな楽しみを抱くのだった」。彼女たちがガイアンに向って裸身を曝すと、彼は「情欲をいよいよかき立てられた」(二・一二・六五―六六)とスペンサーは記す。そのためにガイアンは巡礼に叱咤されるが、この導師がいなければ彼はサイモクリーズと同じく「影」と化し、果てはアクレイジアによって奇怪な動物に変身させられ、地下の暗い洞穴で鉄の檻のなかに捕えられたかもしれない。オデュッセウスが、「人声を発する恐ろしい女神」キルケーの魔法から身を守り、豚に変身させられた部下たちを救いえたのは、ヘルメス神が授けたモーリュ(『命死ぬべき人間どもには掘り取ることも困難な」[六]魔草)の効験による(『オデュッセイア』第十巻)。『妖精の女王』のガイアンはつねに危うい立場にいる。

ついにガイアンたちは、「魔女の愚かな愛人たちが『至福の園』と誤って名づけた」楽園(一二・六九)に到達する。妖婉なアクレイジアは、「銀色の薄い絹のヴェールを全身にまとっていた、あるいはむしろ何もまとっていなかったといえる」。C・S・ルイスを真似た言い方をすれば、裸である以上に裸の姿態を見せている。欲望を遂げた彼女の白い胸からは、「ネクタルよりも澄んだ滴がわずかに滲みでて、輝く純粋な真珠のように流れ落ちた」(一二・七七―七八)。この箇所には、心弱いガイアンの心理的な反応は書かれていない。ガイアンは、あらかじめ打合わせてあったかのように、巡礼とともに、不意にアクレイジアと若い愛人のヴァーダントに「精巧に編んだ網」をかけ、二人を捕える。『オデュッセイア』第八巻や、『変身物語』第四巻には、不倫の恋に耽けるアプロディテとアレス（つまりウェヌスとマルス）に対して、アプロディテの夫神が「鎖の網」をかける同巧異曲の物語があるが、それは神々の世界で生起した事件を再話形式で伝えているのであり、効果は喜劇的である。この話を聞いた「不死の神々の間から、大きな笑い声が湧きあがった」とホメロスは記すのだ（七）。

　オデュッセウスは魔女キルケーの館で短剣を抜き、一種の示威的な行為とはいえ彼女を目がけて跳びかかる。オデュッセウスの迫真性をスペンサーが再現するのは、「至福の館」を破壊する場面においてである。

悦楽の館のすべて、みごとなる宮殿を、
ガイアンは容赦のない厳しさで打ち壊した。
美しい建築も、彼の湧き上る怒りの嵐に
あっては、目もあてられないほどだった。
かくして至福が破滅に変貌した。
騎士は森を切り倒し、庭の花や草を剥ぎとり、
四阿《あずまや》を台無しにし、小屋を引き倒し、

祝宴場を焼きはらい、建物を根こそぎにし、
かくして限りなく美しいものを醜いものに変えた。
（二・一二・八三）

ガイアンは狂うがごとく破壊に専心する。第二巻で「怒りの嵐」という文字は、他に「憤激《フュアロー》」と名づけられた狂気の青年に使われるだけだという（四・一二）。ガイアンは狂気に駆りたてられたのではないのだが、「至福の館」の破壊は激越な怒りに促されたものである。グリーンブラットはこの情景を広くルネサンスという時代の枠組のなかに置いて検討する。

フォルスタッフの追放、オセロの自刃の際の台詞、ヴォルポーニに課された厳しい罰と同じく、『妖精の女王』第二巻の最終場面は、イギリス・ルネサンス文学の要《かなめ》として、これまで批評上重い意味を担ってきた。アクレイジアの館の破壊は、快楽、性衝動、肉体に対する私たちの態度を、著しい探求の言葉で示している。また肉体的快楽と美的イメージとの関係、さらにはこれら両者と、ガイアンが人間の創造の「卓抜さ《エクサレンス》」と呼ぶ事柄との関係を検討するのである[(八)]。

この文章は文明を支える力（グリーンブラットによれば「荒々しい力《ヴァイオレンス》」）というものを強く意識させ、文明史研究の秀れた成果に数えてもいい叙述だろう。しかしアクレイジアの館は完全に破壊されたが、アクレイジアはガイアンに捕縛されたにすぎぬことを想起したいのである。スペンサーは、アクレイジアの邪悪の正体を、デュエッサの場合のごとく本当の醜さとして描いてはいないのだ。ガイアンのアクレイジア征服は完了してはいない。第二巻の筆をとるスペンサーは、物語の構想と現実の経験のあいだで戸惑っているのだろうか。いずれにせよ、『妖精の女王』第二巻の物語の倫理的な運動力学は一定方向に作動していないのである。

二

「至福の園」の入口は象牙の門であり、そこには「守護神《ジーニアス》」と呼ばれる門番が立っていた。「至福の園」が真の楽園の「象徴的パロディ」であるごとく、この「守護神」は真の守護神のパロディである。

人びとはその門番を守護神と呼んだが、

その男は天から遣わされた支配神とは異なる。
こちらは生きとし生ける者の生命、生殖に対する
配慮のために格別の仕事を負わされている。
また人間たちの繁栄のためみごとな業《わざ》や
不可思議な幻をしばしば予見させ、
隠れた邪悪を警戒するように仕向ける。
これこそ、人の目には見られないが、だれしも
おのれの内に存在することを感知しうる自我《セルフ》なのだ。

それゆえ思慮深い古代人たちは、賢くもこれを
神として崇め、よきアグディスティーズと呼んだ。
だがここの門番はまったく逆であり、
生命の敵で、万人に善を施すのを惜しみ、
魔術による幻影を見せて
ひそかに人間を堕落させる。……

（二・一二・四七—四八）

スペンサーは門番を「守護神」と名付け、そう名付けたことにたじろぐかのように、直ちに繁殖、生命、本能を司る、フリジアの豊穣祭儀神アグディスティーズを呼びだし、自己保存的、自己増殖的な自我に言及する。C・S・ルイスはこの箇所を「処理に困る第四七連」と呼び、混乱を招きかねない詩句だと歎いているが、(九)むしろ近代の心理的解釈からすれば充分納得できる自然的自我の記述と評したい。スペンサーは自己防衛的な自我と自己破壊的な自我を並べている。問題はむしろ、なぜスペンサーが、邪悪な魔物を描写すべき時に、挿入的な文構造によって、よき自然的な自我について記したかであろう。いま私たちは「至福の園」の入口に立っている。多くの人間がその門をくぐり、甘美な悦楽から逃れられずに、倫理的自我の脆さを思い知らされる。先きには第一巻のフラデュビオは邪悪なデュエッサに恋をし、第二巻のモーダントは「至福の園」のアクレイジアにうつつを抜かし、ついにはおのれの生命を失い、さらには恋人に死の運命を辿らせた。スペンサーはこれらの騎士の哀切な物語を、両巻の比較的前段に置いている。あらかじめ生殖の神が死の神に連なることを告げるのである。自己保存的な欲望は自己破壊的な欲望と連続している。スペンサーは十六世紀イタリアのネオプラトニスト、コメスの『神話集成』に倣って「守護神」をアグディスティーズと命名し、人間的自我をこれと同視することによって、生殖、性的欲望から見た人間の実体を暴露しようとする。『妖精の女王』第二巻は、自我の肉体性、自然性についての集中的な考察である。

第二巻の始りに戻ると、ガイアンは悪役アーキメイゴーの策略に陥り、第一巻の主役レッドクロスとの争いに巻きこまれるが、間もなく誤解が解けていよいよ遍歴の旅に出掛ける。最初に遭遇するのが、アクレイジアの誘惑に屈して生命をおとした騎士モーダントと、夫の跡を追おうとする瀕死のアメイヴィアの悲惨な情景である。アメイヴィアが息絶えると、ガイアンは二人を哀れみ、「見るがいい、肉体の衣をまとった人間のはかなさと弱さの姿を」(二・五七)と歎声を洩らす。この挿話のうち心に残るのは、死を前にしたアメイヴィアが夫のモーダントについて、"he was flesh"と告げる短い一句である(一・二五)。本文はこの後、括弧に包んだ挿入文の「肉体が人間を弱くする」が続く。前記したガイアンの歎きに対して、理性を体現する巡礼は、「節制という黄金の定規」によって中庸の道を説くけれども、スペンサーの本心はガイアンの心情に加担しているようにみえる。総じてローリー卿宛書簡をはじめ、各巻の「序歌」に典型的に示されるスペンサーの倫理的構想を具体的な本文が裏切り、両者の対立が醸しだす緊張のうちに物語が進行するといえよう。

さらに、友人の策略によって恋人を奪われ、狂気に駆られて殺人を重ねるフィードンは、ガイアンを前にして「あまたの人間のなかで一番弱い者」(四・一七) とみずからを蔑み、世にも傷ましい告白をする。(ガイアンは理性の側に立つ。) あるいは他の箇所で語り手は、「はげしい情欲、弱い肉体」(四・二)、「弱い人間の本性」(六・一)、また類語反復的に「弱い人間の脆さ」(一一・一) と告げてやまない。かの偉大にして無敵なアーサーが単独でマリジャーと争って危うく敗れようとした時、語り手はアーサーについても「人の身の上はかくも弱く、その生命ははかない」(一一・三〇) と注釈を加える。また「マモンの洞穴」でガイアンが、マモンの娘フィロタイミーとの結婚を勧められた折、彼は前記したアメイヴィアの言葉を繰返すようにして、おのれを「弱い肉体をもった地上的な存在」(七・五〇) と称し、それを拒絶する。こうして見てくると、スペンサーが人間の弱さに関する固定観念に縛られているという印象さえあたえかねないのだ。

人間の肉体性と対照的なのが妖怪の非肉体性、超肉体性であり、弱さこそ人間の証とも考えられる。アーサーとガイアンが、谷川のほとりに立つ「アルマの城」の前で、マリジャー麾下の千を数える変化《へんげ》と出逢って剣を振うが、その手応えが心許ない。

二人の騎士は、直ちに輝き燃える剣をもって粗暴な一団を打破り、隊列を攪乱するが、空ろな影を切りつけ、切り倒すばかりだった。
彼らに肉体があるとみえるが、実体はないのである。

（二・九・一五）

これらの妖怪は、七つの大罪と五種の感覚を表わす十二の部隊から編成されているが、彼らは肉体なき肉体だった。一夜明けて、ガイアンと巡礼がアルマの城を立去る。だがこの城砦はふたたびマリジャーに襲われ、このときはアーサーひとりでマリジャーに立向う。まさに丁々発止、激しくわたりあった末、アーサーが勝つとみえたが、マリジャーは倒れなかった。「傷は驚くほど大きく、傷口から向う側がはっきり見通せたが、一滴の血も流れる様子がなかった」（二・一一・三八）。アーサーは恐怖に震える。

血液の流れぬ肉体、魂をもたぬ人間、
傷つくことのない傷口、力を欠く身体……
死ぬことができぬのに、人間の姿を借り、
はなはだしく弱い者に無敵の力を誇る者。

（二・一一・四〇）

引用の最終行は明らかに使徒パウロの「我弱き時に強し」のパロディだろう。このことからも、「傷口から向う側がはっきり見通せた」というプリミティヴな描写からも、滑稽と不安が融合し、得体の知れぬ怪物の恐怖を増幅する。実はマリジャーは大地の女神の子であり、ギリシア神話のアンタイオスのごとく大地に倒れるや、大地の生命を摂取してふたたび立上るのだった。アンタイオスをヘラクレスは中空に吊り上げて絞殺するが、アーサーはマリジャーを「よどんだ湖」に投げこんで生命を奪う[一〇]。

第二巻には「アルマの城」が、肉体の「描写的、具体的、図像的な詩」（ラパポート）として谷間を流れる川辺に聳え立っている。

その結構は、ある部分は円形、
ある部分は三角形にみえた。聖なる技《わざ》よ。
この二つは上と下に配置され、
一方は永遠にして完全、男性的で、
他方は不完全にして死を免れず、女性的で、
両者のあいだに四角形が挿まれ、
その底辺はいずれも七と九によって釣合っていた。

九は天界におかれた第九の天球であり、
　それら三者は結合して、完全な調和を保っていた。

（二・九・二二）

これは人体の幾何学的構図であるとともに、宇宙論的なイメージ（四元素から成る大地、「天界におかれた第九の天球」（二二）、魂のイメージ（アルマは即ち魂《アニマ》）、理性のイメージ（「理性の砦」）を表わし、同時に「当時広く流布していた数秘論《アリスモロジー》（二二）」に基いて描かれている。「底辺がいずれも七と九によって釣合っていた」胴の部分は集注本が説くように、肉体の数七（人生の七時期、歴史の七時代、七惑星）と魂の数九（「第九の天球層」、天使の九階級）の合成であり、それらの積六十三は人間の危機的な年齢を表わす。理性に傾斜するトマス・ブラウンが、後に創造主を「熟練した幾何学者」（『医師の宗教』一章十六節）と称したことを思いださせる構図である。「ミルトンの神」も「黄金の天秤」や「黄金のコンパス」を使い、「大いなる型《アイデア》」に基いて創造の業にいそしむ（『失楽園』四・九九七、七・二二五、五五七）。また人体が円や四角形から合成されるという着想は、ローマの建築家ウィトルウィウスの立体美学と幾分か似ている。ウィトルウィウスは、人体が仰向けに寝て、両手両足を拡げた時に手と足の指が描く円周または四角形、さらに両手両足を拡げて直立した時につくられる正方形を建築物の設計に適用しようというのである（『建築論』二・一・一―四）。[一三]この「アルマの城」の建築学的叙述は、「肉体があるとみえるが実体はない」怪物の記事と五十余行を隔てて隣接する。スペンサーが、第一巻で「絶望の館」と「シーリアの館」を並べて描いた場合と同じく、マリジャーとアルマを対照させていることは疑う余地がないだろう。しかし「アルマの城」は「シーリアの館」ではない。マリジャーがたえずアルマを襲って、不完全ながら秩序を保っている城砦を侵そうとする。「アルマの城」は「聖なる業」と称えられながら、語り手によれば、「かかるみごとな出来ばえが、それほど長くもちこたえられぬとは残念至極だ。やがては土に帰らねばならぬ」（九・二一）。ガイアンの従者が来意を告げるために角笛を吹き鳴らすと、城壁は「崩れんばかりに揺れた」（九・一二）。

みごとな幾何学的図形をなし、同時に欠陥を内包する城砦。「アルマの城」はたえず崩壊の危機を孕んでいる。外部からの支えに欠け、ひとり立たなければならぬ「理性の砦」でもあるのだ。それゆえにこの城の百科全書的ともいえる探求が、ガイアンたちによって試みられるのだろう。ガイアンは物語の当初、ブラガドッチオに愛馬ブリガドアを盗まれ「歩く騎士」となる。第二巻の主題とされる節制は、一歩一歩道を踏みしめなければならぬ歩行者の美徳だといわれるが、[一四]徒歩の遊歴というイメージは騎士にあっては模索そのものを象徴する。ガイアンの目標は怪物退治ではない。（マリジャーをはじめ、パイロクリーズ、サイモクリーズといった妖怪を倒すのはアーサーの仕事である。）ガイアンは不安定な心理的変転を経験する。「マモンの洞穴」から帰還した時、彼が意識を失うのは、そうしたスペンサー的な不安を示すにちがいない。

「アルマの城」を構成する各図形は、第二巻に登場する人物たちを表示している。抒情詩の化身ベルフィービーは、「永遠にして完全、男性的」な円形に対応するだろう。男性的な女性を演ずるために、ベルフィービーは処女神ディアナに倣い、狩人として登場するのである。四角形はブラガドッチオだろう。ベルフィービーが姿を見せた時、この男は、隠れていた森から動物のように「四つん這いになって現れた」（三・三五）。四つん這いの恰好は、ウィトルウィウスが示す円形の人体図の逆である。ガイアンはこれらの図形のあいだをしばしば往復しているようにみえる。

人間の身体性を社会的次元に求めたものが「マモンの洞穴」ではないか。ここは富の部屋、労働の部屋、フィロタイミーの宮廷、「プロセルピナの園」に細分される。スペンサーにとっては富は「あらゆる不安の元兇」（七・一二）であり、労働の部屋は、悪鬼たちがひたすら働く場所だった。富の部屋も労働の部屋も宮廷（野心の部屋）に関連があり、そこを進んでゆけばやがて死の国に到達する。「プロペルピナの園」では「呪われた者」タンタロスと「みじめな男」ポンテオ・ピラトが、地獄の黒い川のなかで呻き声をあげている。それらの姿を、ガイアンは「見て過ぎた」（ミルトンの表現を借りれば、「見て意識し、避けた」）。(一五)

ガイアンはマモンとの対話のなかで、「いにしえの世界は、花咲き匂う青春の日々、創り主の恵みに欠けるところがない」（七・一六）と告げると、マモンは「いにしえの時代の粗野」を嘲笑してやまない。だがガイアンは、黄金時代の、それ自体で充足した生活という視点から、「鉄の時代の現実性を暴く」(一六)のである。第十篇の『ブリトン年代記』のなかでも、鉄の時代の現実性が次々に暴かれる。この神話に包まれた歴史書はブルートゥスの祖先からアーサーの父ユーサーまでの正統記であり、引続いてタナクィル（つまりエリザベス）において絶頂に達する妖精諸王の系統図が記されているが、年代記に登場するすべての王、女王たちが『妖精国故事』の場合のごとく「輝かしい亀鑑」となりうるかどうか疑問だろう。捕虜にした美女との愛の戯れに耽るロクライン、彼らの娘サブリーナを殺し逆巻く川に投げこんだ王妃グエンドリンをはじめ、「神聖な玉座」を恥辱で満たした者が少なくない。『ブリトン年代記』には女性の統治者に対する賛美が時折聞かれ、このグエンドリンは「女性に従うように初めて男性に教えた」（一〇・二〇）女王として称えられるが、彼女の手も血に汚れている。

「鉄の時代の現実性」が随所に見られる。あまたの人物たちが、「はげしい情欲、弱い肉体」、「弱い人間の本性」に侵されている。ガイアンすら二人の裸の乙女たちによって「情欲をかき立てられた」ことはすでに記した。スペンサーの官能的な詩句は、読む者の心をも誘うかにみえる。イェイツはスペンサーについて、「彼はおのれの諸々の罪と呼ぶに到った事柄によって詩人になった」と記し、「スペンサーは魅力的な感覚の詩人であり、その歌は、フィードリアとアクレイジアの島々を描く時、最も美しい」と文章を続ける。(一七)C・S・ルイスさえも、スペンサー擁護を最終章とする『愛のアレゴリー』のなかで、マモンとアクレイジアの欠陥を「自然な欲望の肥大また病気」と規定しながらも、「そのいずれもがスペンサーの力の高揚期に創造され、『妖精の女王』中の最も詩的な一節に数えられる」(一八)と言うのである。そのために「現実的な官能性と理論的な禁欲性の共存といった非難には、そう簡単には答えられない」(一九)のだ。

ルイスは、「至福の園」の美しさが自然に反する技巧によって造られていることを主張する。その庭園の華麗な描写は三十連余りに及び、それを背景にして絶美な妖女が姿を見せる仕組みである。ルイスが例示するように、随所に、「フローラの母なる『技巧』が、物惜しみする『自然』を半ば蔑み……」(五〇)とか、「美しい業《わざ》にさらに美しさを添え、一切をつくりあげた技巧は、どこにも姿を見せていなかった」(五八)といった詩句が刻みこまれている。自然と技巧の「対立がぼやけている」と、ルイスが称するのは次の一連である。

だれしも考えたろう、(粗野で卑しいものが
精巧なものと巧みに混りあっていたので)
自然は浮かれて「技巧」を模倣し、
「技巧」は自然のなすところを歎き、
かくして互いに相手を凌ぐことにつとめ、
それぞれが敵方を美しいものにした。
双方が意図するものは異なるが結局一致し、
甘美な相違のうちに心を等しくして、
様々な変化によってこの庭を飾った。

(二・一二・五九)

これは、「一切をつくりあげた技巧はどこにも姿を見せなかった」という一行を、敷衍拡大したものだろう。スペンサーは、「最上の技巧は技巧を隠す」というラテン由来の箴言

に従ったのである。(二〇) ここで考えられるのは、スペンサーが人工庭園を技巧と自然の「一致」したものとして描き、それによって自然が技巧に侵食されて、衰弱の兆しをみせはじめたと告げていることである。

ガイアンたちが「至福の園」に到達するまでの船旅には、あまたの危険が待ち受けていた。彼らは古典叙事詩の放浪者のように、「悪しき恥辱の岩」や「浪費の流砂」や「破滅の渦」を避け、海の怪獣や不吉な鳥たちに対処しなければならなかった。

いとも醜悪な姿と恐ろしい相貌は、
自然の女神さえも怯えて顔をそむけ、
またおのれの巧みな手から、かかる怪物が
生まれたことを恥じるほどだった。
一切の不恰好なものの恐怖の絵図。

(二・一二・二三)

スペンサーにとって、そうした超自然的な怪物は「墜ちた」自然の情景に相応しく、また墜ちた自然は世界の混沌と境を接する。

突如濃い霧があたりに拡がり、
おぼろなもやが魚住まぬ大海を包み、
天の明るい顔を隠した。
万物は一つに、無に等しい一つに変じ、
この大宇宙は一つの混沌たる塊にみえた。

（二・一二・三四）

人工の美も妖怪の醜悪も、アクレイジアが仕組んだものだが、いずれも「自然」と対立し、世界を反世界または「混沌たる塊」に変じかねない。しかし海の怪物たちは、自然の女神の「巧みな手」から生れた。マリジャーもアーサーに何度瀕死の傷を負わされても母なる大地の生命を吸い取って、アーサーに刃向うのだった。第一巻で、「迷妄」なる怪物が吐きだすものを、スペンサーがナイル川の「肥えた泥土」（fertile slime）に譬えていたことを思いだす。

父なるナイルの洪水がゆっくりひきはじめると、
夥しい泥土が残り、その肥沃な種子から

半ば雄、半ば雌の、幾千とも知れぬ
生物が、生まれでてくるのだった。
かくも醜い怪物をだれもよそでは見られない。
（一・一・二一）

オウィディウスがナイルの氾濫について、「出来たての泥土が天日《てんぴ》で熱くなった時、農夫たちが土を掘り返すと、そこに夥しい生き物が見出される」（『変身物語』第一巻（二一））と述べている。巨人の怪物オーゴリーオも、イーオラス（風の神アイオロス）が「大地の空ろな胎内」に息を吹きこんで身籠らせ、「大地の泥（earthly slime）の恐るべき塊」（一・七・九）として生れた。オーゴリーオはマリジャーの兄弟だったことになる。ところがスペンサーは、「調和ある」アルマの邸が「エジプトの泥土」（Aegyptian slime）でつくられていると書いた。そればかりか、「永遠の救い主」が「肉体の泥土」（fleshly slime）から誕生したとも記す（二・一〇・五〇）。注釈本によれば、これらの記述は、オウィディウスの伝統に加えて、『創世記』の「エホバ神、土の塵を以て人を造り……」（二・七）の記事に由来する。「土の塵を以て」をウルガタ版は de limo terrae と訳し、ドゥエー版は limus（泥）を slime と英訳した（欽定訳は dust）。スペンサーは自然に対して、両面価値的に執着と不安の感情を抱いていた。自然は時にはその正常な活力を失うかにみえ、あるいは異常に肥大し、また病み、グロテスクな反世界を形成する。自然はナイル川のグロテスクな怪物を生むに至ったが、本来は聖なる秩序を構成していた。ガイアンは「至福の園」において、自然の二元性を経験し、不安定な自然のうちに生きる人間の姿を模索したのである。

『妖精の女王』第二巻は、自然（または肉体）の反復された探求である。しかし自然は創造の日の栄光を保持しながら、混沌に回帰する危険にさらされている。それ自身が不安定で、それゆえに探求は繰返されなければならぬ。ガイアンは人工庭園を破壊しながら、その女主人を捕縛しえたにすぎない。言いかえると、第二巻は、第一巻のごとく時間的に継続して一定のヴィジョンに到達することなく、空間的にヴィジョンと現実、世界と反世界のあいだをつねに往復する。小エピソードを連ねて限りなく上昇することはありえず、限られたいくつかの自然的な空間のあいだを低迷するのだ。第二巻が唐突に終るという印象をあたえるのもこのためだろう。

デイヴィッド・エヴェットの「マモンの洞穴」という論考は、副題が示すように、十六世紀のグロテスク美術と『妖精の女王』の関係についての考察である。[二二] エヴェットがグロテスクの美学的原理にあげる、綿密な自然描写の不自然な結合、イメージの奇妙な重ねあわせ、そこから生ずる距離感や暗い反日常性また表層性は、エヴェット自身が説くごとく、自然的秩序を離れた怪物や、怪物たちの住む謎めいた神秘な洞穴に対するスペンサーの関心を充分に説明しえよう。しかし時間的な継続性を退ける第二巻の構成自体をグロテスクと称することができると考えられる。スペンサーは、「至福の園」の美しさを称え、これをエデンにまさると歌いあげながら、その人工性を暴露するのである。秩序に挑戦する怪物と現実を生きる人物たちが共有する自然の無気味さを示して、秩序と現実と混沌、超自然と自然と人工の境界を曖昧なものにしようとする。スペンサーは錯雑した現実のなかで新たなヴィジョンを確立することの難しさを感じているようにみえるが、ヴィジョンが重層化されたようにもみえる。

第二巻の前段でガイアンが見たモーダントと、「至福の園」でアクレイジアに抱かれたヴァーダントとの名前の暗合は、ヴァーダントがモーダントの運命を辿り、モーダントがふたたびヴァーダントとして生きることを象徴的に示唆する。自己増殖的な自我と自己破滅的な自我、生殖の神と死の神は、等しく「守護神」と呼ばれた。自然は生と死がたえざる交代を演ずる場であり、人間的な自然を探求する物語は、回帰的、円環的な時間に沿って運動する。スペンサーはおそらくオウィディウスの影響によって、キリスト教的な時間の直線性に、円環的、並列的な物語性を重ねた。円環的な物語はロマンスの世界そのものであり、統一的な論理性が稀薄で、全体的構造が不透明にみえる。しかしこうした時間意識によって、スペンサーは人間と世界の現実を描くことができたと考えられる。

註

（一） A. C. Hamilton (ed.), *The Faerie Queene* (Longman, 1977), p. 163.

（二） Northrop Frye, *Fables of Identity : Studies in Poetic Mythology* (Harcourt, 1963), p. 77.

（三） Frank Kermode, "Spenser and the Allegorists" (1962) in Paul J. Alpers (ed.), *Edmund Spenser* (Penguin Books, 1969), pp. 292-94. Florence Sandler, "The Faerie Queene: An Elizabethan Apocalypse" in C. A. Patrides & Joseph Wittreich (eds.), *The Apocalypse in English Renaissance Thought and Literature* (Cornell University Press, 1984), pp. 148-74.

（四） Florence Sandler, p. 149. ミルトン等十七世紀の著述家について、グレアム・パリーは、「マーヴェルは、ミルトン、トマス・ブラウン、ヴォーン、イーヴリン、カウリーを含む世代に属していて、彼らの想像力は革命期の熱狂的な千年王国論にかきたてられ、イングランドにおける地上楽園の再興を少なくとも可能性として予見した。おそらくミルトンを例外として、これらの著述家は宗教的な熱心党ではなかったが、彼らは悉くこの観念を吸収し、それに共感した」と書いている（Graham Parry, *Seventeenth-Century Poetry: The Social Context* (Hutchinson, 1985), p. 241.)。なお Margarita Stocker, *Apocalyptic Marvell* (Harvester, 1986) は、正体の知れぬ、矛盾にみちたマーヴェルを、黙示録的な視点から一貫した詩人として描こうとする。

（五）Kenneth Gross, *Spenserian Poetics: Idolatry, Iconoclasm & Magic* (Cornell University Press, 1985) p. 9.

（六）呉茂一訳、岩波文庫上巻、二九七、三〇七頁。

（七）同書、二三五、二三九頁。

（八）Stephen Greenblatt, *Renaissance Self-Fashioning: From More to Shakespeare* (University of Chicago Press, 1980), p. 170.

（九）C. S. Lewis, *The Allegory of Love: A Medieval Tradition* (Oxford, 1936), p. 363.

（一〇）ミルトンは『復楽園』でサタンをアンタイオスに譬えている。（*Cf. Paradise Regained*, 4. 562-71.）神話の時代を半ば信じえたスペンサーがマリジャーの叙述に重ねて描いたものを、「哲学者と神学者の時代」に生きたミルトンは比喩として利用するのである。

（一一）Walter R. Davis, "The Houses of Mortality in Book II of *The Faerie Queene*" in

Spenser Studies: A Renaissance Poetry Annual, II (University of Pittsburgh Press, 1981), p. 122.

（一二） Alastair D. S. Fowler, *Spenser and the Numbers of Time* (Barnes and Noble, 1963), p. 260.

（一三） Isabel Rivers, *Classical and Christian Ideas in English Renaissance Paetry* (George Allen & Unwin, 1979), pp. 179-91.

（一四） C. S. Lewis, p. 338.

（一五） *Cf.* Joseph E. Duncan, *Milton's Earthly Paradise* (University of Minnesota Press, 1972), p. 217; Maureen Quilligan, *Milton's Spenser: the Politics of Reading* (Cornell University Press, 1983), p. 14.

（一六） Isabel G. MacCaffrey, *Spenser's Allegory* (Princeton University Press, 1976), p. 222.

（一七） W. B. Yeats, *Essays and Introductions* (Macmillan, 1961), pp. 369-70.

（一八） C. S. Lewis, p. 363.

（一九） C. S. Lewis, p. 324.

（二〇） しかし "Summa ars celavit artem" は、Charles G. Smith, *Spenser's Proverb Love* (Harvard University Press, 1970) に記載されていない。

（二一）中村善也訳、岩波文庫上巻、三〇頁。

（二二）David Evett, "Mammon's Grotto: Sixteenth Century Visual Grotesquerie and Some Features of Spenser's *Faerie Queene*" in *English Literary Renaissance* (Spring 1982), pp. 180-209. エヴェットはグロテスク美術の原理として、他にモチーフの多様な結合、空間的均一性の欠如、二元性、周辺性をあげる。周辺の異教性と絵画本体のキリスト教性は、後期ルネサンス、対抗宗教改革期の思想家に至って、古典古代の文化をキリスト教的世界が包みこむ方法の一つとして構想されたという。

三　自　然

一

スペンサーは、遥かなる神話と歴史と物語を受容し、それをほとんど並列的に配置し、そのために『妖精の女王』は、オウィディウスについて評される「潜在的な混成、断片性、多重音声性」（デュロチャー）を構成上の特色にしているようにみえる。それとは対照的にミルトンは、「堕落というキリスト教的なドグマの主張に専念し、その類似物を厳しく退けなければならなかった」（ハリー・レヴィン）[一]。この近代的な詩人は異教的な文化遺産を倫理的な意図に従って再構成し、『失楽園』は、たえず人間の危機的な瞬間を創造しながら、緊密な統一性に支配されている印象をうける。

『妖精の女王』第三巻は、自然の豊穣を象徴する「アドーニスの園」が中心的な「認識の家」として構想され、植物また花のイメージが随所で重要な機能をはたし、しばしば花をめぐって抒情的な世界が繰りひろげられる。また女性騎士ブリットマートが、第一、第二巻のレッドクロス、ガイアンと交代して主役を演じ、加えて何人かの準主役といえる女性が登場して物語を彩るが、花のイメージや比喩が彼女たちを相互に結びつける。他方ミルトンもエバを花のごとくに描き、花咲き乱れる楽園の情景のなかに危機の前兆を描きだす。

……エバは香りの雲に包まれ、なかば姿を隠す。
あたりは薔薇が茂みをなし、光を放っていた。
彼女は時折腰を屈めて、細い茎の先端に咲く
一つ一つの花を垂直に保とうとする。
薔薇は華やかな深紅、紫、青、まだらの金色に
染っていたが、支えを欠いて頭を垂れている。
エバは天人花《マートル》の茎でそれらを結ぶが、
終始おのれ自身が限りなく美しく、
支えのない花であり、至上の支えから遠く離れ、
いま嵐が襲うのに気づかずにいる。

悪魔が近づいた……。

（九・四二五―三四）

ファウラーは集注版で、「構文法とイメージは、エバがほとんど薔薇と同一視されるような働きをする」と説明する。薔薇を天人花で支える無垢なエバの描写は、オウィディウスによる四季の女神プロセルピナの叙述（『変身物語』五・三四一以下）に由来するが、ミルトン自身が、エバの堕落に先立って、冥界の神ディースによるプロセルピナ誘惑の記事を書いている。

……かの美しいエンナの野、
そこでプロセルピナが花を摘んでいた時、
それらの花にまさって美しい彼女自身が、
暗鬱なディースに摘みとられ、そのため母なるケレスは
地の果てまで娘をさがす労苦を味わった。

（四・二六八―七二）

花を摘みながらみずから花となって摘みとられるプロセルピナが、エバの姿に重なる。

しかしオウィディウスが、プロセルピナを花として描いているわけではない。花にまさって美しい人が花であったという着想はオウィディウス的にみえるが、実はスペンサーに見られるのである。『妖精の女王』三巻五篇、アーサーの従者ティミアスは「森の男《フォスター》」の矢を受けて深傷を負い、偶々通りかかったベルフィービーに救助され、手当てをうけるうちに、いつか彼女に思慕の情を寄せる。ティミアスは傷口がふさがったはずなのに、その思慕ゆえに重い病いにかかる。この時スペンサーは、ベルフィービーを花のイメージで描く。

夜明けの娘といえる優美な薔薇を
この女性は生命より大切に育み、その花を
おのれの誉れの花環として飾った。
また真昼の焼けつくような暑さにも
肌を刺す北風にも当てぬようにし、
意地悪い暗雲が空を覆いはじめるや、
心をこめてその絹に似た花びらを閉じ、
水晶の空が一面に拡がるや、

花弁の包みを解き、美しく咲かせるのだった。
全能の力を備えた永遠なる神は
天上の恵みを目に見えるように示すために
かつて楽園にこの花を植え給うたが、
この世の人たちがその輝く美しさを賞でるようにと
それを本来あった場所から移し、
人間の肉体に接ぎ木して植えつけ給うたのだ。……

（三・三・五一―五二）

ベルフィーービーは人間に接ぎ木された薔薇として描写されている。ミルトンのエバは、オウィディウスのプロセルピナとスペンサーのベルフィーービーの合成だったといってもいい。
続いて第六篇では、ベルフィーービーが朝露の胎内から生れたとされるが、その母クリソゴニーは、夏の一日、人目につかぬ泉で薔薇や菫に囲まれて水浴し、いつかけだるい疲労に襲われた時、裸のまま草原で快い眠りに陥り、陽光が胎内を貫いてベルフィーービーとアモレットが誕生したという（三・六・三、六―七）。ミルトンが感覚的に女性美を賛歎しながら、次の瞬間にそれを退けて倫理的な物語をつくりあげるのに対して、スペンサーは倫理性よりは自然性を選びとり、神話的な見方をそのまま継承したと考えられる。

『妖精の女王』第三巻は、先行する一、二巻に比して構成が複雑になり、文字通り物語の迷路と化した趣きである。シルバーマンが第一巻と第三巻の物語的特徴を簡潔に要約しているので、まずそれを引いておきたい。

> 第一巻では本文の言葉は、予型論的に「神の言葉」に基いている。主役は、……徐々に聖なる真実とおのれの情欲という二つの明白な他者性《アザーネス》に気づくようになる。……第三巻は、女性の主役の他者性を通じて、第一巻の予型論的なヴィジョンから見れば周辺的な世界に焦点をあて、感覚的な経験を超越するのではなく、それを意味づける問題、あるいは自我を再発見するのではなく、自我を形成する問題を中心に据える。……スペンサーは、あらかじめ決定されている真実を発見するように読者を訓練するのではなく、堕ちた世界における不確定性と無知から、意味がおぼろげに形成されることに重点をおく。(二)

第一巻があらかじめ想定されている真実に到達するための物語であるのに対して、第三巻は、感覚的な経験を意味づける、あるいは世界の「不確定性」から意味が形成される経過をたどるというのである。しかもその意味する事柄はおぼろげに形成されるのだ。このことが第三巻の物語の仕組自体と不可分の関係にあると思われる。第一巻の構造は垂直的、黙示的で、詩的叙述が一定の方向を目指し、第二巻は水平的、あるいは相互往復的で、自我の内部に横溢するものに促されて、ヴィジョンと現実のあいだを低迷し、そこにおいてはほとんど円環的な時間感覚が支配的である。それに対して第三巻は、複数の女性による愛の遍歴が徐々に累加されて、「並列的」、「複線的」な構成をなし、愛の感覚的なヴィジョンがまさにおぼろげに示されるといいえよう。『妖精の女王』は「連鎖の無限性と不定形性」（C・S・ルイス）[三] にいよいよ近づくという印象を強める。

　第三巻の審美的な構成に執着してもう少し書くと、冒頭に配置されたマレカスタの「悦ばしい城」に掛っているヴィーナスとアドーニスのタペストリーや、巻末の「ビュジレインの館」でブリットマートが見る「キューピッドの仮面劇」では、叙述の展開があるとはいえ、時間の推移は一向に見られず、詩的描写は絵画性、また非時間性を帯びるのである。序詞でスペンサーは訴える。

　麗しい月の女神《シンシア》がみずからのお姿を

いくつもの鏡に映るのを拒まず、
グロリアーナであれ、ベルフィービーであれ、
それらの面影をおんみ自身にとどめられよ。
一人は支配、他は純潔を表わすものなのだ。

「いくつもの鏡」に映される女性群像が織りなす物語の方法が、第二巻で描かれたベルフィービーの肖像の描き方を思いださせる。一方はさまざまな鏡像を、他方は身体の部分を積み上げるのである。そこに戻って全九連のうち第二連を示すことにしたい。

その美しい眼《まなこ》には二つの生ける燈火《ともしび》が、
天上で創造神の光によって点ぜられて輝き、
人の目を刺すような、不思議なほど明るい、
炎なす光線をあたりに放ち、
軽はずみに見る人の目を眩ますほどだった。
かの盲目なる神がその美しい眼に
情欲の火を点そうとしたが、なす術もなかった。

乙女は畏怖すべき威厳と恐るべき憤りをこめて
愛なる神の矢を折り、卑しい情欲を鎮めたのだ。

（二一・三・一三）

以下に続く各連は、顔、ふたたび眼、上半身、下半身、足、胸、髪をそれぞれ独立して一連毎に描写する。エヴェットは、そうした絵画的描写について、「確かに諸々の肉体上の属性は等しく伝統的なものである。しかしそれらすべてを視覚的に描くならば、その結果生ずるのは、グロテスク絵画に通じるものである」(四)と指摘し、十六世紀後半のイタリア絵画や版画に触れ、アルチンボルド、ジャン・バティスタ・デッラ・ポルタに言及する。これらの画家は、植物や花や獣といった事物を人体の属性として描いて、全体像を合成するのである。ベルフィーリビーの類には薔薇、目には燈火が配置され、額は象牙でつくられ、そこには愛の戦利品が刻まれ、歯と唇は真珠とルビー、髪は金糸、足は大理石の柱（胸像を支える角柱）として描写されるが、各々が陳腐にもみえかねない描写に関して、エヴェットは、「グロテスクとレトリックの結合が、『妖精の女王』全体に対して示唆的な窓を開いている」と説く。『妖精の女王』のなかで「最も長い肖像画」とされるベルフィービー像は、単なる「積重ねの印象」(五)をあたえるにとどまらず、絵画的に並置されることによって典型的なグロテスクの図像となる。エヴェットが記すように、デッラ・ポルタの『人間の相貌』(De humana physiognomia, 1586) の出現は、そうしたグロテスクの可能性が、ヨーロッパ的精神の内部に生起したことを示している。

ベルフィービーの肖像画に見られる各部分の羅列による統一が、第三巻の構造を象徴する。ウェルギリウス風に一定の倫理的、政治的規範によって成立する叙事詩的世界ではなくて、オウィディウス風な断片の連鎖からなる物語詩、いつ、どこで始っても終ってもよい叙述法、必然性に欠ける筋立て、模索しながら継続する語り、それらは『妖精の女王』の構造を記述するものだが、第三巻に到ってそうした諸特性が顕著なものとなる。愛に関する雑多なパジャントが一定の意味を示さずに繰りひろげられ、解釈をしようとしてもそれはすべて部分に関するものに限られるが、これもスペンサーの流儀と考えることができる。スペンサー自身が、「音楽でも不協和音がいっそう甘美な調べを奏でる」(三・二・一五) と書いている。

二

ブリットマートがマレカスタの「悦ばしい城」で見た四枚のタペストリーには、ヴィーナスとアドーニスの物語が描かれていた。神話作者オウィディウスは、飽くことを知らぬ欲望を女性に付与し、その欲望の対象となった男を恋に冷淡な少年として設定した。スペンサーは、女性への愛に背を向けたもう一人の少年ナルキッソスのことも忘れてはいない。狩猟に熱中したアドーニスが猪に殺されて花になったように、ナルキッソスは水面に映った自分の顔を見て自分に恋をしているうちに溺死し、水仙に変身した。ナルキッソスに慕い寄る多くの男女が彼に愚弄され、その一人が「あの少年も恋を知りますように。そして恋する相手を自分のものにできませんように(六)」と復讐の神に祈願し、それが聞きとどけられたのだ。

　ブリットマートは広く知られたこれらの少年たちの自己愛に一時陥る。男装のブリットマートは「悦ばしい城」の女主人マレカスタの求愛を退け、そのためにマレカスタの六人の騎士と争うが、その時騎士の一人ガーダンティ（Gardante）の矢を受けて手傷を負う。それは「見る」（guardare）ことに基く傷である。夜の明けぬうちに「悦ばしい城」を去ったブリットマートがレッドクロスに語ったところによると、彼女は父親の部屋で魔法の鏡によって恋人のアーティガルの姿を見た(七)。かくして恋に陥ったブリットマートは悲しみに浸され、おのれの恋を「わが罪」と歎く（三・二・三七）。鏡に映った影のような恋人は自分自身にすぎない。乳母のグローシは、反自然的な情欲をとげた神話上の女性たちの名をあげ、父親のキニュラスと通じたミュラや、兄カウースに恋した狂乱のビブリス、さらには牡牛とまじわった太陽神の娘パシパエとは異なり、自然の道に背いたのではないと慰めるが、ブリットマートは、それらの女たちは邪悪ながら「目的をとげた」と羨む。そして河神ケピソスの子ナルキッソスに言及する。

澄んだ泉に映ったおのれの顔を見て
それに恋をしたケピソスの愚かな息子、
それより愚かな私は、肉体を引離された
影にひたすら恋をしている。

（三・二・四四）

この連と次の連には「影」という文字が連発される。死を示唆するナルキッソスの黄水仙、「風の花」とされるアドーニスのアネモネ、いずれも愛の影にすぎないというのだ。

ブリットマートはやがて予言者マーリンによって王家の系統神話を啓示され、アーティガルを訪ねるために「妖精の国」へ旅にでる。ブリットマートの前に海が拡がる。ブリットマートは、おのれを悲しみの大海に木の葉のように揺れる小船に擬し、ペトラルカ風な発想法によって抒情的な歎息を洩らすが、そこに獰猛なマリネルが出現する。ブリットマートは即座にこれを倒す。

祭壇のあたり、乳香の煙が漂うなかに
聖なる牡牛が、角に金を塗られ、
頭に花の冠を飾られ、悠然と
死の栄誉とみごとな飾り帯を誇示して立っていたが、
突如死の一撃をあびて気を失い
よろめき倒れ、ほとばしりでる血潮で、
神殿の柱と聖なる大地、またおのれを装う
美しい花々を汚すがごとくに、
傲れるマリネルは宝満つる岸辺に倒れた。

（三・四・一七）

祭儀に供される去勢された牡牛は、つねに自己愛に生きるマリネルの比喩となるに相応しい。「宝満つる岸辺」とは、「海の老人」と称される海神ネレウスからその孫マリネルに授けられた財宝が、海辺に散乱していたことをいうのである。それらの空しい黄金、琥珀、象牙、真珠等は、ナルシシズムの象徴である。ブリットマートは、「影」を見るだけのナルシシズムを克服する。(八) 乳母グローシによれば、ナルキッソスは、「おのれをみずからの空しい恋人とし、喜びの成就の当てもなく、一人で恋される者と恋する者を演じている」(三・二・四五)にすぎぬ。ペトラルカ主義的な女性崇拝も「一人で恋される者と恋する者を演じている」恋だと言えよう。マレカスタはブリットマートに恋の情念を燃やし、「歎息、すすり泣き、うめき、哀れな涙声、胸のうちの炎の火花」(三・一・五三)といったペトラルカ主義的な恋を演技した。ブリットマートは、夫となるはずのアーティガルに会う前に、自己の内と外にさまざまな形態のナルシシズムを観察したことになる。

　自己愛に対立するものとして、スペンサーは自然の豊穣をおいた。ベルフィービーが、妖精なる母クリソゴニーから生れた次第については前記した。スペンサーはそのすぐ後に、「かくしてナイル川の氾濫が終るや、太陽に照らされた泥土のなかに夥しい生き物が形をなしているのが見られる」(三・六・八)と記す。一巻一篇でもナイルの水によって生命が形成されることが告げられるが、それは「半ば雄、半ば雌の……それら醜い怪物をだれもよそでは見ることができない」(一・一・二一)という叙述だった。第三巻では、自然の豊穣と秩序を賛美するのだ。ベルフィービーとアモレットは双生児だったが、その出産の場面にヴィーナスとダイアナが通りかかり、二人はダイアナがベルフィービーを、ヴィーナスがアモレットを養育することに決める。ヴィーナスはアモレットを、おのれの住処「アドーニスの園」に迎える。スペンサーは、「太陽神《フィーバス》の美しき子」ベルフィービーから「いとしい愛《アモール》」アモレットに関心を移す。「アドーニスの園」には、万物生成の根源たる神話的、祭儀的なヴィーナス、ウェヌス・ナトゥラーリスの原理が深く浸透している。アドーニスは、ヴィーナスによって、「すべてが忘れられる厭わしい夜のなかに葬られることなく」、「万物に生命を注ぐ存在」として、「形あるものすべての父」として再生したのである（三・六・四七）。

スペンサーは「アドーニスの園」を三部構成（六・二九―三八、三九―四二、四三―五〇）に仕立てるが、これを三つの庭と考える必要はないだろう。歩いている内に春の光を浴びた様々な風景が視野に入ってくるのだ。生命体は花として描かれ、第三巻の花のイメージや比喩のすべてがここに統合される。

この庭には、母なる自然がおのれを美しく装い、
おのれの恋人たちの花環を飾るための
あらゆるみごとな花々が集められている。

万物の最初の苗床がおかれ、
そこでは一切の存在が、本性に従って
生れて死んでゆく。……

（三・六・三〇）

ここでは花のイメージがすべてを支配している。楽園の中央に位置する「ヴィーナスの丘」(mons Veneris）には、鬱蒼たる天人花が、甘い樹液を滴らせながら花環のように山頂を囲む。なかには、太陽神の最愛の恋人だった美少年ヒュアキントス、愚かなりしナルキッソス、また恋人フィリスの死を歎いておのれの生命を絶ったアミンタスが、常世の花となったアマランスとともに、匂うばかりの花となって咲く場面（六・四五）も見られる。こうした不毛の恋人たちはしばしば「アドーニスの園」に相応しからぬものと評されるが、かえってそれをスペンサーによる神話の受容の著しい例と解することができる。アドーニス自体、猪の餌食となりながら、いま「形あるものすべての父」に挙げられているのだ。ここでミルトンと比較すると、ミルトンは、火と鍛冶の神ムルキベル（ウルカーヌス）がユピテルの怒りに触れて天から追放された次第を、「夕日とともに天頂から流星のごとくに、エーゲ海に浮ぶレムノス島に落下した」（『失楽園』一・七四五―四六）と歌いながら、直ちに「人々はかく語るが、それは誤りである」と記し、「威厳をこめた否認」（ファウラー）ともいいうる描き方をする。しかしスペンサーは、アドーニスの再生について、「このことは真実らしいと人々が語り伝えている」（六・四七）と記すだけで、そうした語り伝えを次々に記録してゆく。

幾千幾万という「裸の赤子」（植物ならば種子）が肉体の衣をまとって世に出、ふたたびこの楽園に帰ってくる。「（万物の）実体は永遠にして不変のまま持続する。生命衰え、形態が消滅しようと、それが使い尽されることはなく、無に帰することがない。変化《へんげ》して、幾度びも姿を変えるのである」（六・三七）。「アドーニスの園」を脅かすのは、「邪悪なる時間」、「時間という乱暴者」だが、再生のための楽園には真の脅威とはならない。スペンサーは、臆することなく時間の跳梁を歎く詩句と、黄金時代さながらの爛漫たる春の描写を並べる。散漫な書き方をしているとも評しうるが、むしろこれをスペンサー的な叙述と称すべきであろう。スペンサーの自然の観念も時間感覚も、論理的な次元では矛盾している。スペンサーは雑多な観念を肯定しえて、それがグロテスクに見えようと、積み重ねられた対立物を並べ、豊かさそのものの物語を構築しようとする。それはある程度意識的になされたろう。スペンサー自身が（別の文脈で）次のように洩らすのである。

人間的な情況を語る言葉は不確かで、
捕えがたい詭弁にみちている。それは
二通りの意味を弄び、偽りの弁論と戯れる。

（三・四・二八）

「アドーニスの園」に、あるいはその他の箇所に、デッラ・ポルタの『人間の相貌』が闇を透して見えている。スペンサーの物語はスペンサー自身の言葉をあえて使えば「捉えがたい詭弁」にみち、「二通りの意味」を弄び続ける。こうしてスペンサーはグロテスク絵画の盟友であるとともに、近代的な世界に接近するといえよう。「アドーニスの園」の生成の特徴をなすものとして最後に「言葉」をあげなければならない。

ここでは種を播いたり、苗を植えたりし、また刈り取ったり、
移植したりする庭師を必要としない。
万物は、創られたまま おのずから生育し、
しかも全能の主がはじめて語り給うた

力強い言葉によって、「生めよ、殖えよ」と促がし給うたことをよく覚えている。

（三・六・三四）

『変身物語』が伝える半陰陽者ヘルマプロディートスはスペンサー的世界の象徴となる人物だが（彼は男女の「どちらでもなく、どちらでもある、というふうにみえる」）[九]、この少年はメルクリウス（ヘルメス）とウェヌス（アプロディテ）のあいだに生まれ、両親に生き写しの顔立ちだったので、名前を双方の親の名から取ったといわれる。メルクリウスは弁論または言葉の神、ウェヌスは愛の女神だった。ウェヌスの住処で生成するエロスの生命体が、全能の主がはじめて語り給うた力強い言葉をよく記憶しているというのだ。スペンサーの理想化された楽園には旧約聖書的な豊穣が漲っている。『創世記』には「生めよ、殖えよ、地に満てよ、これを従わせよ、……すべての生物を治めよ」と記されている。スペンサーは「従わせよ」、「治めよ」を省略し、逆に「庭師を必要としない」と追記する。生命体がおのずから生まれ、殖えるのである。

……世界の広大な胎内に、

厭わしい暗黒と深い恐怖のなかに、
巨大なる永遠の混沌が横たわり、
自然の多産なる赤子たちの実体を補給する。

万物はそこから最初の存在を引きだし、
おのれを構成する物質を借り、
これが形態、性状を備えると
肉体となり、おどろおどろしい闇黒を出て
生命体に化すのである。……

（三・六・三六―三七）

混沌たる自然が秩序ある自然に変転する経過を描いたものだが、その原動力が言葉だった。愛と言葉から合成されるスペンサー的なヘルマアプロディートス、それが「おどろおどろしい闇黒」から生命を紡ぐ。これをスペンサーの詩学と形而上学と生理学を結びつける認識の結晶と言いえよう。

花のイメージと比喩はこの後徐々に消える。ときにはスペンサーは、過ぎ去った栄光（例えば一夜にして焼け落ちるトロイの都、九・三五、三九）を描くために花のイメージを使うが、「アドーニスの園」以降の叙述ではそうした比喩表現を抑制する。メルクリウスとウェヌスが分裂し、比喩的ヘルマプロディートスが解体するのだ。比喩様式の思考から脱比喩化あるいは脱神話化への移行がすでにスペンサーの内部に始まっているといえる。庭《プラテーア》が現実的な場所《ロクス》に変貌するのである。

フロリメルが旅の途中、一人の魔女に出逢い、その家に案内される。ところが魔女の息子がフロリメルに言い寄る始末で、彼女は魔女の家から逃れることになる。魔女はハイエナに似た怪物にフロリメルを追わせ、他方息子のためにフロリメルに似せた雪人形をつくる。

銀色の眼窩には目に代えて
空のように輝く燈火を据えて、
それが女性の目のごとく動き、回転するように、
活動的な使い魔をなかに封じこめた。
金髪の代りには黄金の針金を使って

巻き毛を編むようにも細工した。……（三・八・七）

すでに一部を引用した二巻三篇二二―三〇連に見られるベルフィービーの肖像画をパロディ化していることは明らかである。伝統的な比喩を尊重するスペンサーと、それを揶揄するスペンサーがいる。形骸化されたフロリメル像を抱いて魔女の息子は随喜するが、この雪人形を伴って外に出た時、ブラガドッチオに横取りされる。それをサー・フェローがさらに奪取する。フェロー（Ferraugh）はアイルランド語で「鬨の声」を意味するとされる。ペトラルカ派の比喩表現はただの情緒にすぎなかった。

他方ハイエナに似た怪物に追跡されるフロリメルは海辺に出て、岸に繋がれた小船に飛び乗るが、船は潮の流れのままに漂い続ける。ところが一人の漁師がこの船で眠っていて、この男がフロリメルに乱暴を働こうとする。ここに海神プローテウスが現れて漁師を取りおさえる。（海神は漁師を罰するために、船にくくりつけて波のあいだを引きずりまわす。）だがプローテウスもフロリメルを誘惑しようとする。海神は様々に変身し、騎士、王（「王国をいくつもあげよう」）、巨人、悪漢、半人半馬と化し、ついには嵐となってフロリメルに言い寄る。プローテウスは当初海神として登場するが、最後には嵐を呼ぶ海そのものとなる（八・四〇―四一）。プローテウスは神話の衣裳を脱ぎ捨て、原始の自然に帰る。最近ガルシア・ロルカの、「ネプトゥーヌスがいなければ、海は人の言葉に耳を貸さないだろうし、海の波はその魅力のなかばをウェヌスなる人間的な発明に負う」[一〇]という美しい箴言を読んだばかりである。神話の「発明」、比喩の「発明」がなければ、現実の「魅力」は存在しないのかもしれない。ロルカはそのことを詩人の直感によって知った。だが比喩的世界をおのが住処とするスペンサーは比喩を意図的に解体する。比喩は瞬間的に時間を停止させ、それに対して物語は比喩を解体し、時間の進行を促すと言えようか。比喩を消去することによって、一度見た夢から醒めて物語を展開させるのだ。このことが短い詩と長篇詩の方法的な相違である。また詩と現実の絶ちがたい関係は、詩人たちのこうした微妙な操作によって維持されるのだろう。

　ブリットマートはマルベッコーの城で一夜の宿を乞う。同じく宿を取った旅人パリデルと片目の老人マルベッコーの若い妻ヘレノアの不倫は、名前が示す通り、パリスとヘレンの愛をパロディ化している。パリデルはパリスの子孫であるとみずから称し、また「さわやかな弁説、言葉を操るわざ」（九・三二）に生来巧みであることを誇示するために、トロイに由来するブリテンの歴史を語る。それはトロイ落城からブルートゥスのトロイノヴァント建設までを辿る（九・四一―五一）が、すでに二巻一〇篇で、アーサーが古書『ブリトン年代記』を繙いてブルートゥスのブリテン渡来からおのれ自身の誕生の直前までの歴史を読み（五―六八）、また三巻三篇では魔術師マーリンがアーサーからエリザベスまでをブリットマートに予言している（三七―五〇）。アーティガル（Art-egall つまり「アーサーに等しき者」）とブリットマートを中枢に据えて輝くばかりの神話に彩られた歴史のうち、その冒頭部分がパリデルによって語られるのだ。歴史を三分割し、分割された各部分を逆転させる形で叙述し、それぞれに意味のある人物を関与させる仕掛けは巧妙極まるものだが、パリデルを介入させることによって神話と神話のパロディを並列しようとするスペンサーの意図は神話から現実に帰ろうとすることの他考えられない。やがてパリデルと駆落ちしたヘレノアは夫の財宝を盗み、マルベッコーの城に火をかける。「それはトロイの炎が高く舞い、天空に届くのを見た時に、ヘレンがその哀れな光景に手をたたいて狂喜したさまに似ていた」（一〇・一二）。明らかにスペンサーは、古典叙事詩の典雅なる文体を卑俗化して利用したのである。

パリデルはヘレノアを捨て、ヘレノアはサテュロスの群に身を投ずる。マルベッコーは彼女の跡を追い、寝取られ男さながらに山羊の角をはやし、四つん這いになって逃げた妻に近付く。ヘレノアはサテュロスの一人と欲望を遂げる。マルベッコーはなすすべもなく、諦めて海辺の岩山を彷徨う。

……長い苦悩と生命を絶とうとの思いゆえに
マルベッコーはひどくやつれ、衰弱し、
肉体が消耗して無に帰し、
もはや軽い霊に似たものしか残らなかった。
岩の上に落ちたが、ひらりと身軽に処したので、
そのために傷つく様子もなく、
ごつごつした断崖に落下するや
そこから尖った爪で這って歩き、
ついに洞穴の小さな入口をみつけた。……

しかし死ぬことができず、死にながら生き、
この男は新たなる悲しみを糧とするのだ。
悲しみが死と生を同時に授け、
苦しい歓びを快い苦痛に変える。
哀れにも、おのれとすべての人を
憎みつつ、果てしなく生きることになった。

心の悲しみと空しい恐怖のために
マルベッコーは奇怪な姿と化し、
人間であったことを忘れ、いまや嫉妬と命名されている。
（三・一〇・五七、六〇）

哀れなマルベッコーは鳥になった。妻に嫉妬し、「悲哀と怨みと嫉妬と嘲笑」に追跡され、「リンボーの淵から逃れてきた亡霊」のようにひたすら走り（「後にだれがいるのか、前をだれが走っているのか、見もしなかった」）、いま「嫉妬」自体に変容した。スペンサーはヒューマーを混えながら、アレゴリー生成の経過を克明に辿るのである。それゆえマルベッコーのカフカ風な鳥は現実性を帯びる。

その後スペンサーはブリットマートの物語に戻る。ブリットマートは、アモレットが七か月も「ビュジレインの館」に封じこめられている次第を、恋人のスカダムアから聞く。魔物の館の入口には炎の壁が燃えさかるが、彼女は剣と盾を前面に構えて単身でそれを突きぬける。スカダムアも同じように炎に立向うが、「残忍なムルキベルは相手の傲りにみちた脅しに屈することなく、いよいよ激しい憤りを募らせた」（一一・二六）。ムルキベル（ウルカヌス）は、妻ウェヌスとマルスの密会の場面に鎖の網を掛け、不死の神々から失笑をかった火の神であり、嫉妬心を象徴する。魔術的な炎の壁は、ロマンスの常套的な趣向だが、嫉妬心を燃やすスカダムアはそれを通り抜けることができない。ブリットマートは試練の火を潜った。館の第一の部屋に掛けてあるアラス織のタペストリーには、不死の神々とその恋人たちの変身譚が描かれている。部屋のかみてには目隠しされたキューピッドの黄金像が祭壇に祀られている。次の部屋の壁は純金で覆われ、そこには異様奇怪なあまたの愛の姿態が刻みこまれ、その上にキューピッドの戦利品が飾られている。深夜になると突如、雷鳴、稲妻、嵐、地震、旋風が襲い、その後ブリットマートの面前でアレゴリー的な仮面劇が演ぜられる。(一人の役者が「芝居に耳傾けよ」(heare a play)と合図する(一二・四)。当時の常套句を使用したものだが、それに止まらず、音楽とともに物言わぬ登場人物たちの歎きの声を聞くように促したのだろう。)それはキューピッドの「凱旋式」だ。「空想」と「欲望」、「疑惑」と「危険」、「恐怖」と「希望」以下あまたの人物群の行進であり、そのなかにアモレットが短剣で胸を切り裂かれ、キューピッドの矢が突き刺さった心臓を露出したまま、歩くように強いられている。スペンサーは、タペストリー、彫刻、彫金、演劇、音楽、呪術等様々なジャンルを使って、龍までも征圧するキューピッドの狂暴なる支配をタペストリーそのもののように並列的に示すが、それもスペンサー的な列挙と混淆の好例といえる。

アモレットは、なぜビジュレインによって酷薄な拷問を課されるのだろうか。シルバーマンが、「第三巻は……感覚的な経験を超越するのではなく、それを意味づける問題を中心に据える。……墜ちた世界における不確定性と無知から、意味がおぼろげに形成されることに重点をおく」と訴えるのは真に適切だが、アモレットの経験を意味づけるための解釈は実に多種多様なのだ。ブローダスは、「完全なアレゴリー」は読者の解釈と推測に委ねられるというパトナムの定義を引き、「一定の解釈に決めるための根拠がないことを知るべきである」と断じ、諸家の説を列記する。[一一] ブローダスに従って心理的な解釈をあげれば、「スカダムアとの結婚に伴う肉体的従属」への不安（デュ・ロシュ）、男性支配に対する恐怖の幻想（ノーンバーク）、「性的情熱のはげしい狂暴性」に対する恐怖（ネルソン）、スカダムアを裏切るかもしれないアモレット自身の心配（ハイアット）、性的倒錯に向いかねないアモレットの「激越な衝動」（ハンキンズ）等である。

それらの解釈を検討すると、一九六〇年代、七〇年代前半のスペンサー研究者のあいだで、アモレットの苦悶を性愛や男性支配に対する不安の表現と解する立場が一般的であったことが知られる。またアモレットは、「よき女性たること」を学ぶために「アドーニスの園」に遣わされ（六・二八）、またキューピッドの恋人のサイキーによって「真の女らしさ」を伝授された（六・五一）と記されているが、彼女の苦しみはそうした「教育」の結果であるとの指摘もここに並べていいだろう。（一一） しかし七〇年代後半以降、そうした心理主義的な解釈は地を払った模様である。それに代って、ブリットマートが見た仮面劇は「文字通りのペトラルカ風の比喩」であり、そのイメージは「言語のひどい腐敗」を内包しつつ、「愛に関するペトラルカ主義的な用語の恐るべき不毛」を攻撃する（モーリーン・クイリガン）、あるいは「（宮廷愛の）伝統に潜在するすべての破壊的なもの」を意味する（ジュディーズ・ダンダス）といった解釈が出現した。アモレットのみならず、ブリットマートも、スカダムアも、マレカスターさえも、男女を問わず、伝統的な表現形式通りの苦悩を経験する。しかし、ブリットマートはアモレットをキューピッドから解放するとともに、愛の比喩や神話から解放した。スペンサーはこのことによって、苦悩を経た愛の再生、「堕ちた世界」からの回復、換言すればヘルマプロディートスの再現を意図したといえよう。

一五九〇年版の『妖精の女王』によれば、救出されたアモレットの姿を見るや、スカダムアは駆け寄って彼女を抱きしめるが、二人の抱擁がヘルマプロディートスを連想させる。

スカダムアはすばやくアモレットを両の腕におさめ、
彼女の輝く肉体をきつく抱きしめた。

先きには悲しい獄舎だったアモレットの肉体は
いま愛と甘美な喜びの住処となった。
この美しい女性は、大いなる愛に
圧倒され、歓喜のなかに溶け、
甘い恍惚のなかにおのれの魂を注ぎこんだ。
二人は一語も発することなく、この世のことを忘れ、
感覚なき接ぎ木のごとくに抱擁した。

二人がみごとなるヘルマプロディートスになったと、
彼らを見た者ならば言うだろう。
その像を富めるローマ人が白い大理石に刻み、
豪奢な浴場に建てたものだった。
二人はかくして一体となったかにみえ、
そのためブリットマートはその幸福をなかば妬み、
気品のある心ははげしく燃えて
同じ幸福が授かるようにいくたびも願ったが、

彼女は運命が許さぬことを求めたのである。
（一五九〇年版、三・一二・四五—四六）

初版の結末を改変させたのは、「額に皺を寄せた」（四・序詞・一）バーリー卿ウィリアム・セシルの検閲官めいた不興だったか、物語を継続的に記述しようとする作者の意図だったかは別として、一五九六年刊の再版では、アモレットはスカダムアと再会しえず、二人の愛の成就は遅延させられる。しかしオウィディウス的なヘルマプロディートス像が初版に描きこまれた事実は、スペンサーがおのれの夢を実現したことになる。スペンサーのヘルマプロディートスなるエンブレムは、『創世記』の「人は……その妻にあい、二人一体となるべし」を、うちに刻みこんでいると考えられる。

だが『創世記』の言葉と万物生成の原理が一体化したヘルマプロディートス像は消去された。「甘い恍惚のなかにおのれの魂を注ぎこんだ」アモレットとスカダムア（オウィディウス的言語合成を模倣すれば、スカダモレット（一三））は美しい彫像となったようにみえるが、完全なアレゴリー化をとげたわけではない。この二人を見た人は、富めるローマ人が豪奢な浴場に建てた大理石のヘルマプロディートス像だと考えたろう、スペンサーはそう問いかけるのである。これはローマの風俗を取りこんだ叙述であり、比喩としての結晶度は低いと思われる。「死にながら生きる」マルベッコーの造形に及ぶべくもない。スペンサーは、「相手の霊魂を自分の方にひきよせ、その霊魂を肉体から引離すほどの力をもつ」（カスティリオーネ『宮廷人』四・六四）（一四）愛の結合力の形象化を完成するために、次の第四巻を必要とした。「いまや私の馬どもはみな日々の労働に疲れはて、息が切れ、よろけはじめた」（初版、三・一二・四七）のかもしれない。

　ブリットマートによれば、ミュラ、ビブリス、パシパエは許されぬ恋を貫き、邪悪ながら「目的をとげた」。彼女たちが、「一人で恋する者と恋される者を演じている」ナルキッソスの呪縛から解放されているようにみえたのである。スカダムアは、ムルキベルの炎にたじろぎ、マルベッコーが身を滅した試練を通過してはいない。「ビュジレインの館」におけるアモレットの苦悶は、因習的なペトラルカ主義の形象化である。あるいは、「いとも高貴なる心に高く王座を占め、従順に屈伏する者たちの傷ついた心のなかで苛政をしく」（二・一三）愛の神キューピッドの狂暴さの具現である。アモレットは「目的をとげる」ための行動を起こすことができなかった。ブリットマートに助けられて呪術から解放されたにすぎない。第三巻は様々な人物たちの成就ではなくて模索の物語であり、私たちはさらに読み続けて、スカダモレットばかりか、ブリットマーティガル（ブリットマート＝アーティガル）やテムドウェイ（第四巻のテムズ川＝メドウェイ川）といった言語的、修辞的合成を待つほかないのである。

註

（一）Richard J. DuRocher, *Milton and Ovid* (Cornell University Press, 1985), pp. 9, 12. Harry Levin, *The Myth of the Golden Age in the Renaissance* (Galaxy Book, 1969), p. 137. ただしハリー・レヴィンの見解は、『失楽園』が神学詩か否かをめぐって詳しい再検討の必要があろう。

（二）Lauren Silberman, "The Hermaphrodite and the Metamorphosis of Spenserian Allegory" in *English Literary Renaissance* (Spring 1987), pp. 209-10. シルバーマンは続けて、次のように記す。「第三巻でスペンサーは堕ちた世界を意味づけるという問題に向う時、アレゴリーを権威主義的な確信ではなく、知ある無知の認識論に根拠づける。かくてスペンサーは、プラトン的、権威主義的な認識論を退けて、クサヌス、エラスムス、モンテーニュの伝統に則った前科学的な認識論に従う。前者は、最上の審判者はだれか、権威の根拠は何かについて考慮し、後者は、知識を漸進的な経過として扱い、既知の判断がいかに検討されうるかに焦点をあてる。」

（三）C. S. Lewis, *The Allegory of Love* (Oxford, 1936), p. 81.

（四）David Evett, "Mammon's Grotto: Sixteenth Century Visual Grotesquerie and Some Features of Spenser's *Faerie Queene*" in *English Literary Renaissance* (Spring 1982), p. 203.

（五）John B. Bender, *Spenser and Literary Pictorialism* (Princeton University Press, 1972), p. 60.

（六）『変身物語』中村善也訳、岩波文庫上巻、一六七頁。

（七）デニーフは、ブリットマートがガーダンテの矢傷を受けたことと、それより先きに（しかし物語の叙述では後に）アーティガルの姿を鏡で見たことに関して、「スペンサーの逆転した時間配列は読者に対する合図となる」と記し、この経験をブリットマートの成長の上で重視する。　A. Leigh DeNeef, *Spenser and the Motives of Metaphor* (Duke University Press, 1982), pp. 159-60.

（八）Silberman, pp. 218-19.

（九）岩波文庫上巻、一五六頁。

（一〇）Federico Garcia Lorca, "Elegy for Maria Blanchard", *Deep Song and Other Prose* (Marion Boyars, 1980). Quoted in Alastair W. Thomson, *The Poetry of Tennyson* (Routledge & Kegan Paul, 1986), pp. 2-3.

（一一）James W. Broaddus, "Renaissance Psychology and Britomart's Adventures in

Faerie Queene III" in *English Literary Renaissance* (Spring 1982), pp. 200-02, 206.

（一二） Donald Cheney, *Spenser's Image of Nature: Wild Man and Shepherd in "Faerie Queene"* (Yale University Press, 1966), p. 138.

（一三） Scudamoret. *Cf.* James Nohrnberg, *The Analogy of The Faerie Queene* (Princeton University Press, 1976), p. 607.

（一四） 清水、岩倉、天野訳（東海大学出版会）、七五一頁。

四　想像力

スペンサーは『妖精の女王』第四巻の冒頭で、前に書いた自分の「ひどく散漫な詩」が、「愛を称え、恋人たちの愛の言葉の遣り取りを賞賛する」ことによって青年たちを堕落させた、との非難を受けた旨告げている（四・序・一）。「恋人たちの愛の言葉の遣り取りを賞賛する」（...magnifying louers deare debate）の一句は、「恋人たちの傷ましい争いを長々と書きつらねる」とも読める。その「争い」をアレゴリー化したものが、「争いの母」（mother of debate）と呼ばれる怪物アーテだろう。第四巻で騎士たちは多かれ少なかれアーテが具現する争いや「狂気」に苦しむが、スペンサーは騎士たちのそうした経験の描写を通じて、ペトラルカ主義的な愛の不毛を克服し、愛の言語を再生させ、アレゴリー的な世界を活力ある象徴性に高揚しえたように思われる。

スペンサーは自分の作品を「ひどく散漫な詩」（My looser rimes）と称するが、それは単に謙譲の言葉ではなく、おのずからスペンサーの詩の複雑な構成について語る結果になっている。第四巻は特にそうした特色を備え、これまでその「混乱した無定形性」(一)が指摘されてきた。それは、シルバーマンが第三巻について記すように、第四巻も「感覚的な経験を超えるよりも感覚的な経験を意味づけ、自我を再発見するよりも自我を形成する問題を中心に据える」ことになるだろうと思われる。第一巻においてレッドクロスは最後に到って感覚的な経験を超え、自我を再発見したと言いえようし、第二巻ではガイアンも感覚的な世界を克服したと言えないにせよ、レッドクロスと同じ道を歩こうとつとめる。また第一、二巻が比較的完結した物語であることも、第三、四巻が「ひどく散漫な」詩であるという印象をあたえる。

バーナードは、「第四巻のプロットはその中心的な課題をほとんど解決せず、読者が第三巻以来その運命に関心を抱いてきた主要な何組かの男女はなお再会できないままである」（二）と記す。第四巻が中心的な問題を解決してはいないという考えには異論があるが、登場人物たちが出会い、また別れる錯綜した経過はその通りである。バーナードが具体的に示すように、フロリメルは第十二篇でプローテウスの海の洞穴から解放されるが、彼女がマリネルと結婚するのは次の巻の第三篇においてである。スカダムアとアモレットは初版では第三巻の終りで結ばれ、二人の抱擁がヘルマプロディートス像に譬えられるが、一五九六年版では二人は引離されたままで、第四巻で巡りあうこともない。スカダムアは「あの人にはじめて愛情を告白した時から、この現在の不幸な時に到るまで、幸福も休息も味わったことがない」（九・三九）と歎くのである。しかし第九篇でアーサーがスカダムアと邂逅した時アモレットを同行していて（九・一七、一九参照）、スカダムアはアモレットと再会していたはずであり、それゆえにスカダムアは第十篇で「ヴィーナスの神殿」における彼女との愛の経験を回顧することになったと推測される。またブリットマートはアーティガルと一度ならず二度までも争い、結局和解して婚約する（六・四）が、二人はふたたび別離の苦汁を味わわなければならない。確かにこれらの男女は再会できないままでいるが、それは愛が感覚的で不安定な経験であるとともに、総じてルネサンス期における人間観、つまり人間は自由な存在であるとともに、宇宙あるいは社会から疎外され、分断されているという悲観的な認識[三]がスペンサーにあり、スペンサーは愛をめぐって人間の自由と疎外の関係を考慮するのである。

　そうした愛に関する人間的な自由と疎外、確信と不安について本文にそってしばらく考えてみたい。スペンサーは四巻十篇において「ヴィーナスの神殿」でスカダムアが見たアモレットの姿を次のように描く。

　……美しい乙女たちがそれぞれの順序で円を描いて坐り、
　その中心に一人のみめよき乙女が

年かさの「女らしさ」という女性の膝に抱かれていた。
……その人こそこの場に相応しい美女アモレットで
彼女は美の光と天の徳の気品に輝いていた。

（四・一〇・五二）

円環の中央に美が位置するという構図はスペンサーの愛と美の賛歌にしばしば見られる伝統的な型であり、天上の美に対する哲学的な憧憬を形象化したものである。そうした構図は『妖精の女王』にしばしば現われ、第六巻の騎士が見たヴィジョンでは、百人の裸身の乙女が輪をなして踊り、真中に三人の美の女神が同じく踊りながら歌い、その中央にコリン・クラウトの恋人が坐している。コリンの恋人は田舎娘にすぎないが、コリンは彼女を「もう一人の美の女神《グレイス》」と呼ぶ（六・一〇・一二―一三、一五―一六）。

だがスカダムアがアモレットの手を取ってヴィーナスの神殿から連れだす時、そうした完成された美の姿を危うくする事態が生ずる。「危険《デインジャー》」と名づけられた門番がスカダムアに脅威をあたえる。

「危険」は、私が彼の威力をものともせずに

この輝かしい美の獲物を連れだすのを見ると、
オルペウスが地獄の王の住処から
おのれの妻を取り戻した時のケルベロスに劣らず
恐ろしい顔付きで私を脅かすのだった。

（四・一〇・五八）

オルペウスが死別した妻エウリュディケーを追って冥界に下った時、最後に到って妻の救出に失敗した。スペンサーがオルペウスの悲劇に言及したのは、愛の確信と自由のかげに不安が潜んでいるからだろう。しかし語り手の代理であるスカダムアの回顧に続き、本来の語り手が第十一篇で歌い上げる「川の結婚」の詩において、スペンサーはおのれの心を襲った不安を追い払うことができた。あるいはそうした不安を結婚賛歌、「言葉と事物を結婚させる詩人の能力、想像力の勝利」(四)に転化しえたともいえよう。ショーン・ケーンが、『妖精の女王』第四巻は「破壊的な力という観点から調和を思い描くように読者に求めるという意味で、キュービズムに似た構成をもつ」(五)と記すのも、同じ趣旨のことを訴えようとしているのだと思われる。

スペンサーは想像力の勝利のために、第三、四巻の執筆という「終り／目的なき《エンドレス》作業」

（一二・一）を進めなければならなかった。調和には破壊、確信には不安、秩序には混沌が付随する。そうした破壊、不安、混沌の元凶がアーテである。アーテはデュエッサの「取持ち役」（一・三一）にすぎないようにみえるが、『イリアス』に登場する狂気の女神であり、スペンサーは第二巻でアーテに不和の女神エリス（ディスコルディア）の役割を演じさせる[六]（二・七・五五）。騎士たちはアーテに唆されておのれ自身の統御が不可能になる。アーテは、「中傷《スクロンダー》」（四・八・二四）や「嫉妬」（五・一二・三一）といった老婆、また百の舌（あるいは千の舌）を使って人間に呪咀の言葉を投げかける「多弁獣《ブレタント・ビースト》」（五・一二・四一、六・一二・二三以下）の類縁だといえよう。こうした怪物たちが第四、五、六巻に跳梁して、『妖精の女王』の後半部を苦いものにする。[七] 中傷や嫉妬が騎士たちの心を暗くし、現に第五巻の騎士は活躍を終えたあと、次の巻で「まだ半ば悲しげな表情で帰ってくる」（六・一・四）のである。呪咀の言葉が自我の内面に脅威をあたえ、自我に対して謂れなき不安を撒き散らすのだ。アーテは自我に加えられる得体の知れぬ暴力的な存在だといえよう。

スペンサーはアーテの醜怪な姿を幾分か戯画化して描く。スペンサーにしばしば見られる恐怖と滑稽を混在させる手法で、それだけこの怪物の奇怪な様相が強調される。

嘘をつく舌は二つの部分に裂け、
二枚の舌が別々なことを喋って争った。
心も舌と同じく二つに分割され、二つの心は
同じことを考えることがなく、つねに喰い違うのだった。

（四・一・二七）

足も「不揃いで、しかも向きが違っていたので、片方が前に進むともう一方が退き、二つの足はたがいに逆方向に歩く」。手も「一方が取り上げたものを他方が押しのけ、一方が造ったものを他方がふたたび壊す」のだった。アーテは邪悪な仲間デュエッサさえ破滅の淵に沈めようとする（五・九・四七）。スペンサーによるアーテの描き方を見ると、彼女は意志の統一に欠ける人格、分裂症的な自我を象徴するように思われる。（八）スペンサーは、この神経症的な異常が世界を混沌に導くと考える。

この女の邪念はおのれの力を遥かに越えていて
彼女は全能者自身にも恨みの気持をもっていた。
……彼女はこの世の美しい被造物を

最終的な破局に導き、
祝福された「和合」がそれらを一つに結びつける
あの偉大な黄金の鎖を
完全に断ち切ってしまおうとした。
(四・一・三〇)

アーテは世界と文明の破壊者だった。

第四巻の騎士や従者がアーテの体現する狂気を経験するのは、前記した通りである。騎士たちが陥る狂気は当時ひろく話題にされたメランコリーに等しく、メランコリーとエリザベス朝文学の関係を論じたライアンズが説くように、「そうしたメランコリーは失意《ディプレッション》と感情鈍麻《アパシー》からヒステリーの発作と錯乱に到るまでの心理、またそれらの症状の交替等、感情と行動における激越な対立を含む状態である」(九)。このような異常心理を経験する騎士たちの行動を列記することにしよう。まずスカダムアだが、この騎士はアーテに唆されて、自分の恋人のアモレットとともに遊歴する男装の女性騎士ブリットマートに対して嫉妬心を抱き、そのために「煩労《ケア》」の家で不眠に苦しみ、あらぬ妄想に捉えられて、「いずこに身を横たえても、願わしい安息をえることができなかった」(五・四〇)。「煩労」

の家は「嶮しい小山の麓に位置していた」（五・三三）。エリザベス朝の生理＝心理学者ヒューアットによれば、「メランコリー患者は平原に楽しみを覚えず、危険で小高い場所を歩き、嶮しい崖道に近づくのを好んだ」(一〇)というが、「煩労」の家の位置は、スカダムアがメランコリー患者であることを示唆する。

またアーティガルは「見知らぬ騎士」、「未開の騎士」（四・三九・四二）として登場する。舞台は馬上槍試合の闘技場である。

やがて対戦相手として、どこから来たのか、
正体不明の奇妙な扮装をこらした
一人の見知らぬ騎士が入ってきた。
その武具は、未開人の衣装さながらに
森の苔で覆われ、乗ってきた馬は
未開人相応に樫の葉で装われ、
また傷だらけの盾に書かれた言葉は、
その姿にかなったモットー「洗練を欠く未開《サルヴァジェス・サン・フィネス》」と
書かれ、隠れた意味を示していた。

（四・四・三九）「洗練を欠く未開」の「隠れた意味」とは何か。アーティガルは「比類のない勇気の持ち主」で、第五巻においては正義を代表する騎士として登場するが、いま馬上槍試合に臨んで、試合場に「入るなり、最初に目にとまった人間に槍を構える」（四・四〇）ほどの異常な狂暴性を備えていた。試合場は宮廷社会の反映また象徴である。この「見知らぬ騎士」は他者、異人であり、社会の批判者だが、未開を狂気と感じさせるものをもっている。後に男性性器を模した「情欲」と名づけられる怪物が「荒々しい未開の人間」として姿を現わす（七・五―七）。アーティガルはこの妖怪と関連があるだろう。第五巻でアーティガルはアマゾン族の女王ラディガンドに敗れる（五・五・一七）。アプトカーが主張するように、「ラディガンドに屈するのは事実上姦通を犯すことになる」（一一）といえる。このことを考える場合にも、アーティガルが反社会的な未開人として登場したことは記憶しておくに価する。

　槍試合であまたの騎士を倒したアーティガルはブリットマートに敗れ、彼女に復讐心を燃やす。やがてアーティガルは「憂鬱《メランコリー》な心を抱いた」スカダムアと出会い、折から通りかかったブリットマートに、二人は助けあってはげしく打ちかかる。一番手のスカダムアはたちまち馬もろともに倒されるが、次いでアーティガルがブリットマートを追いつめる。アーティガルは、実はブリットマートが父王の居室にあった魔法の鏡で見た幻の恋人だった。語り手は歎声を洩らす。

……ああむごい手よ、また三倍もむごい心よ、
おんみを最愛の人と思う女性にこんなひどい乱暴を働くとは。

いかなる鉄のごとき心の持ち主が、かくも美しい人に
こんなひどい仕打ちをすることができるのだろうか。
また姿かたちが創り主ご自身に似た
自然のかくも美しい被造物を
狂気に駆られて汚れた手で傷つけようと考えるだろうか。
確かに地獄の怒りか悪魔が
二人の初めての愛を打ち砕くために
最愛の人の血に彼らの手を浸させ、
二人の愛の始めを生命の終りにしようとこの悪事を企んだのだ。

（四・六・一六―一七）

「狂気」、「鉄のごとき心」は、第五巻でアーティガルの従者となる鉄人タラスを連想させる。「地獄の怒り」はアーティガルのものだった。もしアーティガルがブリットマートを危めたならば、「創り主ご自身に似た……被造物」を傷つけることになり、アーテと同じく偉大な黄金の鎖を断ち切ることになりかねない。アーティガルが剣を打ちこんでブリットマートの面頬《めんぽお》を切り取ると、ブリットマートの顔が現れる。

こうしてアーティガルがとどめの一撃を加えようと
ふたたび手を振りあげた時、
その腕は不思議な恐れのために麻痺して力を失い、
復讐の意図を果たすことを避け、
緩んだ指からむごい剣が地面に落ちた。
それはさながら剣に感覚が宿っていて、
彼の手が感じなかった哀れみと分別を感じとったのか、
また剣と手がともに、かくも神々しいまでにみごとな美しさにすすんで頭を垂れようとするかのようだった。

（四・六・二一）

アーティガルは恐れおののいて、ブリットマートの前に跪く。他方大地に倒れていたスカダムアは起き上がり、ブリットマートを「母なる自然の威容を誇る比類なき鑑」（六・二四）と称える。（こうした賛美の伝統的な表現は十七世紀の前衛詩人といえるジョン・ダンにも見られる。ダンは「ベッドフォード伯爵夫人に寄せる」という一六〇七、八年頃書かれた書簡詩で、夫人を「最初の天使」、「神の傑作」（三一、三三）と賞賛する。）

第三巻でアーサーの従者ティミアスはベルフィービーに思慕の情を寄せる（三・五・四一―五〇）が、第四巻では、怪物の「情欲」に誘拐されて傷を負ったアモレットに手当をするうちに彼女を愛するようになる。それを見ていたベルフィービーは「矢で二人を射抜いてしまおうとまで思い」（七・三六）、ティミアスを厳しく叱責する。その衝撃からティミアスはメランコリーに陥り、やがて暗い谷間に庵を結び、そこで絶望に明け暮れる。スペンサーは七篇三五連から八篇一九連までアモレットを放置し、ティミアスに焦点を絞って叙述する。ティミアスは「若い歳月をみじめに過し」、間もなく髪が顔全体を覆い、やつれ果てて亡霊じみた姿に化する。注釈者たちが記すごとく、典型的な恋のメランコリー患者である。

従者はベルフィービーを長く徒らに追いかけたが、
悲しみを和げ、許しを得る望みがないと知り、
はげしい苦悩に襲われ、重い心を抱いて
結局ふたたびあの森に帰っていった。
ティミアスはそこに、悲しむ人間に相応しい
孤独の場所を見つけ、暗い谷間を住処に選んだ。
その地は、苔むした木々がすべてのものを
蔭と物悲しい憂鬱で覆い隠していたので
輝く太陽を見るのは稀で、彼はそこに庵を結んだ。

（四・七・三八）

この描写は、十六世紀の生理゠心理学者Ｍ・アンドレアス・ラウレンティウス（デュ・ロランス）が説く通りの症状である。

メランコリー人間は……鏡を見る獣のように、自分が自分自身にとって恐怖の対象であり、そこから逃れようとしても逃れることができない。……メランコリー人間は仲間と共存できない。蔭深い場所を追い求め、疑い深く、孤独で、太陽を敵視する人間、また何も心を喜ばせるものがなく、ひたすら不満な……人間である。(一二)

ティミアスは変り果て、主君のアーサーさえ彼の姿を見て、「罪深い人々が集まる場所を避ける聖なる隠者」と見誤り、「未知の人間」であると考える(七・四二・四三)。ウォルター・ローリーも詩のなかで恋のメランコリー人間を隠者("a Hermite poore")に譬えている。トマス・ブラウンに従えば宗教的メランコリーは恋のメランコリーの下位区分であり、ダンが『ラ・コローナ』の最初の「聖なるソネット」で「わが卑しき敬虔なるメランコリー」と記すのは、名うての恋のメランコリー人間に相応しい。

やがてアーサーはティミアスの元から立去り、主従は離れ離れになるが、スペンサーは、

いずれ時がティミアスに救いをあたえ、
ふたたびもとの恵みを授けるのだが、
その話はここで語るには長過ぎるので、

結末は次の潮時まで延ばすことにしよう。

（四・七・四七）

と書くのである。ティミアスは六巻五篇に到ってアーサーに従って再登場し、「多弁獣」と争って傷つくことになるが、第四巻の語り手としてのスペンサーは、中傷、批判を受けがちなティミアスに隠者の生活を課し、ティミアスの再生を意図したのだと思われる。スカダムア、アーティガルまたティミアスは、それぞれに心理的な異常を経験する。しかしそうした異常な経験を通じて、彼らは活力をえ、また愛と美のヴィジョンを見るに到る。

第十篇では、スカダムアが回想形式でアモレットにはじめて出会った次第を語る。この出会いのあと二人は結婚し（四・一・三）、婚礼の祝宴の席で仮面劇が演じられている最中にアモレットはビジュレインに誘拐される。アモレットがビジュレインの館に捕えられ残忍な拷問を受けるのは、さかのぼって第三巻の最後の二篇においてである。さらにさかのぼれば、同じ巻の第六篇におけるアモレットの誕生と成長の記述に到達する（三・六・二八・五一）。第三巻でアモレットの誕生、生長、愛ゆえの苦悩を描いたスペンサーは、第四巻において、あらためてスカダムアの語りを通じて愛の根源に帰り、その哲学的な意味を問いかけるのである。

「ヴィーナスの神殿」は堅固な島に建てられているが、「危険な場所」（一〇・五）とされ、そこに達するにはアーチ型の屋根で覆われた橋を渡らなければならない。神殿が海上の島に配置されているのは、一定の区劃で区切ることによって空間の聖化を意図したのであり、橋は愛の発見が秘儀伝授の領域内にあることのイメージ化である。二十人の百戦錬磨の騎士がこの橋の両端をかため、そこを通過するのは容易ではない。門番の「疑惑《ダウト》」は二つの顔をもち、一方は前向き、他方は後向きであり、そのことはこの人物が前出の怪物アーテと無縁ではないことを示す。神殿の入口に「和合《コンコード》」と名づけられる婦人が座しているが、その二人の子供「愛」と「憎しみ」が彼女の両脇に従っている。こうして警固されたヴィーナスの神殿は、「危険な場所」と称されるに相応しい。神殿の庭は「第二の楽園」と称美され、さまざまな趣向がこらされているが、「まことの恋人たちを楽しませる喜びの四阿、愚かしい走り手の目を眩ます錯綜した迷路」（一〇・二四）が、恋の悦楽と試練を予想させる。事実スカダムアは、「私は苦難や危険を重ねながら、自分の生命の尊い守護者（アモレット）を探さなければならなかった」（一〇・二八）と訴える。「疑惑」の二つの顔、「愛」と「憎しみ」の異父兄弟、「四阿」と「迷路」の対照的空間が、和合すべき世界の根底にひそむ対立を浮彫りにする。スペンサーは「和合」と名付けられた婦人について、

この人の働きによって、天はその道筋から逸れることなく、
全世界は不動の状態を保っている。……
もしそうでなければ、水が大地に溢れ、
火は大気を喰い、地獄がそれらを飲みこむだろう。

（四・一〇・三五）

と述べる。この引用の前半は古い宇宙観を反映している（第五巻で平等主義者の「巨人」との論争で、正義の騎士が同じ観念を利用する）が、ヴィーナスの神殿は、男女の愛ばかりか、世界を構成する四大元素の葛藤を統御するのである。

ヴィーナス像は神殿の奥深くに位置する。それは水晶からなる彫像であるとともに、生きた女神自身だった。アモレットの手をとったスカダムアは、「女神が恵み深い親しさで私に向って微笑み、私が意図したことに好意を示した」（一〇・五六）と告げる。これはホメロスが記す「微笑を賞でるアプロディテ」（一三）の変奏である。ヴィーナス像を仔細に見ることにしよう。

……女神は薄いヴェールで顔を隠し、

両足には一匹の蛇がからみつき、
蛇の頭と尾はしっかりと結び合わされていた。

女神がヴェールをかぶっている理由は
想像しがたかった。女神の祭司たちが
人々に知らせないようにしていたからだが、
それは女性らしい恥じらいのためでも、
その彫像の咎となる欠陥のためでもなく、
人の言うところでは、女神が両性を一身に備え、
男性と女性を一つの名によって所有しているためだった。
おのれ一個にして父でもあれば母でもあり、
生ませ、孕み、そのために他の何者も必要としない。

（四・一〇・四〇―四一）

このヴィーナスはウェヌス・ヘルマプロディートスであり、彼女の足に絡むウロボロスから地球を円環状に取りまく海蛇のイメージが想起され、ここに万物の生成が具現される。

愛の女神は男女を統合するのみならず、世界の対立するもの、異質なものを一体化し、しかもそれらに有機的な生命を付与する。さらにヴィーナスは「和合」なる女性を通じて、「愛」と「憎しみ」という、世界にとって根源的な二つの力を和解させ、四大元素の調和をはかるのである。「四阿」と「迷路」を相対立する象徴的イメージとするスペンサー的な風景は、ヘルマプロディートス的な原理に基づいている。

「ヴィーナスの神殿」の叙述はアレゴリー性の濃いものであった。世界と自然の真の統一は、第十一篇の「川の結婚」によって象徴的に表現される。ハリー・バージャーは、人間的な経験の極限的言語化を「原始的」と「古代的」の二種類に分類する。バージャーによれば、「原始的極限《プリミティヴ・エクストリーム》」は、「自己生成的、自己維持的、自己再生的」な自然力の解放、「古代的極限《アンテーク・エクストリーム》」は、そうした自然的活力の停止また「冷蔵化」と定義される。前者は混沌、大洋、四大元素、情熱によって表わされ、後者は呪術、芸術、建築、宮廷生活によって描かれる。ヴィーナスの祭儀は「古代的極限」の結晶であり、テムズ川とメドウェイ川の祝婚歌は「原始的極限」の詩的、象徴的な形象化だといえよう。(一四)

　　こうしてテムズ川とメドウェイ川は、神々を招くために
　プローテウスの館で祝宴を執り行うことに決め、

そこへ神々は、位の上下を問うことなく、
大海原を歩く者も、川のなかを泳ぐ者も、
小川を渡る者もすべてが集まった。
たとえ私が、ものを言う百の舌、百の口に加えて、
ラッパのような音声や、だれをも凌ぐ
果てしない記憶力を備えていようと、そのすべてを
行列の順序通りにうまく語ることはできないだろう。

（四・一一・九）

テムズ川とメドウェイ川の婚礼の席が海神プローテウスの館であるのは、すべての川が海に帰るからだが、同時にプローテウスがルネサンスの思想家にとって万物の根源をなす「第一物質」を表象し、フランシス・ベイコンの言葉を借りれば、「プローテウスの名によって、神に次いで万物のうち最古のものが示されている」からである。彼は「アドーニスの園」の地下にあって一切のものを孕む混沌（三・六三六―三七）を具象化する神話的人物なのだ。[一五]

スペンサーは祝宴の参加者の「すべてを行列の順序通りにうまく語ることができない」

ことを歎くが、プローテウスの館までのパジャントに連なる客は、三十人を越える海神と英雄、七十を越す内外の河川、さらに海のニンフたち五十人を数え（三百八十行ほどのなかに百七十の固有名詞があげられる）、スペンサーは水の豊穣性を歌いあげるばかりではなく、言語的豊穣、混沌として溢れんばかりの詩的想像力を賛美しているようにみえる。スペンサーがこの詩的、言語的祭儀に費す詩行は、叙事詩的なカタログの原型といえる『イリアス』の「軍艦の目録」（二・四八四―八七七）に優に匹敵する。ここではホメロスではなく、太陽神の子パエトンが父の車駕を借り、これを誤って扱ったために馬たちが暴走して地上近くを駆けぬけ、地中海的世界を焼き焦したオウィディウスの描写のうち河川の部分を抜きだしておこう。「バビロニアのエウプラテスも燃え、オロンテスも、流れの速いテルモドンも、ガンジスも、パシスも、ヒストロスも燃えた。アルペイオスは煮えたぎり、スペルケイオスの堤も炎上した。……世界支配を約束されたティベリスも干あがった」（『変身物語』第二巻）（一六）。オウィディウスは軽快な筆致でヒューマーを混えながら（「アイティオピア人が黒い肌になったのは、この時だと信じられている」）、克明に地理的な固有名詞を羅列する。オウィディウスの空想の根幹にあるものは、世界全体を描写し、支配し、その鳥瞰図をえようとする衝動である。スペンサーもそれに倣い、「天上に収蔵されている巻物や古い時代の記録」に詳しい「記憶の女神」の養い子クリオに助けを求め、すべての川を描き尽そうとする。

　大地を豊かにし、美しくする名だたる川の群が
　海神ネレウスの後に続いてやってきた。
　生き物たちを新たに生みだす肥沃なナイル川、
　空に源を発する長いロダヌス川（ローヌ川）、
　高い峰から流れ下る美しいイステル川（ダニューブ川）、
　ギリシアやトロイの死者たちの血で
　いまだに赤い聖なるスカマンデル川、
　黄金の流れで輝くパクトールス川、
　何者もその流れに逆えぬ狂暴なティグリス川。
（四・一一・二〇）

神話、伝承、語源に飾られた川の名がこうして果てしなく列記されるが、スペンサーは、フレッチャーのいう「神話的言語の本質的な流動性」[一七]によって世界に活力を吹きこもうと意図する。言いかえると、「スペンサーの言語的理想は、バベル以来失われたプローテウ

ス的言語によって、一度に多くを語ることである。ミルトンが民族の言語をラテン語によって厳しい浄化をはかるのとは対照的に、スペンサーは川の融合に似た諸言語の合流を創りあげようとする」（ピーター・コンラッド）（一八）。コンラッドの文章中の「一度に多くを語る」とは、アレゴリー的な二元論とは異質なことを言うのである。二枚の舌、二つの心で語るアーテ的な、言語的表層と内部の観念の分裂を拒絶し、多元的で豊穣な自然と世界と言語をたえず再創造しようとするのだ。

「川の結婚」epithalamia fluviorum はイギリス・ルネサンスに特有なジャンルであり、本来は地誌的な記述から出発し、十七世紀初頭には、マイケル・ドレイトンの『幸多《ポリ・》き国《オルビオン》』のごとき精細な地誌詩が出現する。ヘルジャーソンによれば、「ドレイトンはさまざまに分岐する河川に言及するが、単に言及するにすぎない」（一九）。ヘルジャーソンは、スペンサーがテムズの絶対主義的王制による政治的統一を意図するのに対して、ドレイトンはひたすら国土そのものを描いてやまないと主張するのである。また『妖精の女王』が刊行されて一世紀を経ないうちに、デフォーが「私は君のためにここで古代の詩人たちの意向に従って、水の精、女神（その他何やかや）の口を通じて川の歌をうたうのはよそう。……その時々に応じて、岸辺の輝きによって彩られる川について語ることにしよう」と記す。これに続きロマン派を経てモダニストたちに到る川の象徴主義的伝統を考えることができる(二〇)。

スペンサーの「川の結婚」の象徴的な意味について、ロッシュは次のように述べている。

こうした衝動（『牧人の暦』の「七月」の牧歌に見られる、過ぎゆく時、昼と夜、春と秋、夏と冬の円環的な繰返しに対する変らぬ関心）によって、スペンサーは、川が変りながら変らぬという「水の自然的循環性」に引きつけられる。自然的循環は円を描く。大海原から雲、雨、川、ふたたび海へ移りゆく「変化のなかの永遠性」（Eterne Mutabilitie）だ。大海原は大地の帯であり、永遠の存在の類似物である。……このパジャントに見られる本質的な目的は、海の世界に象徴されたものとしての、生の多元性の根底にある統一を示すことである(二一)。

「原始的極限」としての「大地の帯」である海に注ぐ河川が、「古代的極限」としてのウロボロスに対応する。この祝婚歌の後に、フロリメルが解放されてマリネルと結ばれる次第を告げる短い第十二篇が続く。スペンサーは、フロリメルが七か月のあいだ「波の壁に封じこめられた」（一一・三）ように、しばしばアレゴリー的構造に閉じこめられるが、いまフロリメルとともに様式的伝統の呪縛から解放される。ネプトゥーヌスの嵐を呼ぶ狂暴な子らが助けあって、神話化された自然と世界の統一をはかっている。たとえ対立があったとしても、その対立は確定的、分割的ではなく、流動してやまない統一を実現するのであり、「川の結婚」は文化的、地誌的、言語的な綜合のパジャントとして、世界の充実と詩的充実を同時に達成する。

ところでスペンサーは第三巻において、花婿の役を演ずるテムズをトロイノヴァント（ロンドン）が支配する旨記している。

……トロイノヴァントは
水も豊かなテムズ川に洗われている。
テムズの水は怒り狂ってとどろき、
滔々と押し寄せて、だれしもその荒波を渡るのを恐れるが、
トロイノヴァントがその首根っこを
しっかりと足で踏みつけている。

（三・九・四五）

これは潮が押し寄せた時、「真鍮の橋」（二・一一・四五）と呼ばれるロンドン橋の橋脚で

渦巻く荒波を描いている。その寓意は文化が自然を統御するということだろう。スペンサーは荒々しい語句を使ってそのことを訴える。「川の結婚」でトロイノヴァントは次のように描写される。

人々の言うところでは、神々の母が
ジョーヴの宮殿に出掛ける時、
いつも大きな鉄の戦車に乗って行き、
この老いたキュベレーは、華やかな装いを身につけ、
百の尖塔が胸壁のように
刻まれた王冠を、ターバンのごとく被るのだが、
テムズはまさにそうした冠で飾られていた。
その王冠こそ有名なトロイノヴァントそのものであり、
そこにまぎれもなくこの王国の玉座が置かれている。

(四・一一・二八)

百の塔が聳える都市トロイノヴァントは、神々の母キュベレーが正装する時の王冠に似て

いる。ここでキュベレーが現われた意味をめぐって二人のスペンサー学者の説くところをあげておきたい。

キュベレーは神々の偉大なる母であり、はじめて人間に都市を構築することを教えた。……この比喩のなかに、法と秩序と古代的豊穣の原理が凝縮されている。（ロッシュ）

キュベレーは「神々の祖母なる老いたスティックス」（一一・四）のごとく、豊穣にも死にも根を下ろしている。スペンサーはいかにも彼らしく、この女神の古代性と、スペンサーの神話に投影される文化と想像力の原始的状態を融合する。（バージャー）（二二）

ロッシュもバージャーも、この古代女神が豊穣に加えて都市や文化を司ることを告げる。ここで思いだすのは文化破壊者としてのアテーである。アテーの住処のひび割れた壁には、「不和」が生んださまざまの歴史の遺物が掛けられていた。

……裂けた王服や折れた王笏、
汚された祭壇や壊された聖器、

微塵に砕けた槍や二つに割れた盾、
略奪された大都市や滅ぼされた城、
俘虜となった国民や屠られた大軍勢、
こうしたあらゆる破壊の遺物がここに残されていた。

（四・一・二一）

さらには「古代バビロン、悲運のテーベ、統治久しきに及んだローマ、聖なる都エルサレム、悲しみにみちたイリオン」の記念物が飾られている。これらはアテーの手の「一方が造ったものを他方がふたたび壊す」ことから生ずる歴史のアイロニーを示している。アテーの「狂気」が「この世の美しい被造物（つまり文明と都市）を最終的な破局に導く」のだ。

ところがキュベレーも狂気の女神だった。スペンサーは第一巻ですでに「キュベレーの狂乱の祭儀」（一・六・一五）に言及し、キュベレーをバッカス神と並べる。フリギアの大地女神キュベレーは元来男女両性の具有者だったが、神々によって去勢され、その去勢された性器からアーモンドの樹が生育した。海神サンガリウスの娘ナーナはその実で身籠り、アッティスを生む。キュベレーはアッティスに恋をし、他の女に心を寄せるアッティスに嫉妬し、やがてアッティスは狂気に駆りたてられて、みずから男根を切除し、死ぬ。

後にキュベレーはジュピターに願ってアッティスの再生をはかったという。キュベレーは、バージャーの主張するごとく、「豊穣にも死にも根を下ろす」が、同時に豊穣と狂気を微妙で緊張にみちた関係におく。言語的豊穣が「狂気」と結合すれば想像力を活気づけることになり、そのためにキュベレーは詩人たちの母と呼ばれる。スペンサーは「歴史的時間（すなわち文明）の絶頂の表出[一三]」として都市を位置させ、トロイノヴァントをキュベレーの冠として形象化する。狂気は複雑な含意をもち、破壊と創造の双方に関与する。こうして文明が活力と狂気を孕む自然を統御し、文明自体に宿る想像力によって歴史が形成されるのである。

第十二篇にもう一人のメランコリー患者のマリネルが再登場するが、このナルシシストが「狂気」を経験して、フロリメルとの愛が成就する。フロリメルの「形而上詩的」ともいえる祈りの言葉が、二人の愛の姿を明らかにする。

　二人を封じこめるには一つの牢獄で充分です。
　それゆえ私は自由になるよりも囚人でいたい。
私をそうした捕われの身で自由な人間にして下さい。

（四・一二・一〇）

フロリメルとマリネルは、語源的には花と水、また大地と大海原を表わす。二人の婚姻は四大元素の統合を象徴するのだ。スペンサーには、和合、統一、豊穣、生成に到る前に、人間が苦難（「狂気」）にさらされるという認識があった。アーテはその象徴化であり、騎士たちはおのれの内なるアーテと戦わなければならなかった。

註

（一）フィリップスが第五巻を論じた時に第四巻を評した言葉。 James E. Phillips in A. C. Hamilton, *Essential Articles for the Study of Edmund Spenser* (Archon Books, 1972), p. 471.

（二）John D. Bernard, *Ceremonies of Innocence: Pastoralism in the Poetry of Edmund Spenser* (Cambridge University Press, 1989), p. 135.

（三）ピコ・デラ・ミランドラの『人間の尊厳について』のゴールドバーグによる祖述を借りた。 Jonathan Goldberg, *Endlesse Worke: Spenser and the Structure of Discourse* (Johns Hopkins University Press, 1981), p. 92.

（四）Goldberg, p. 70. ゴールドバーグが A. Bartlett Giamatti, *Play of Double Senses:*

Spenser's "Faerie Queene" (Prentice Hall, 1975) の主張を要約した言葉である。

（五）Sean Kane, *Spenser's Moral Allegory* (University of Toronto Press, 1989), p. 109.

（六）ゴールドバーグによれば、ジョージ・ピールの『パリスの審判』においてアーテはエリスと合成され、ピールのスペンサーに対する影響は決定的であるという。なおゴールドバーグは、Ateに "eaten hate" の言語遊戯を見、それはミルトンの "eating Cares" に及ぶと指摘している。Goldberg, pp. 96-97n.

（七）*Cf.* Bernard, p. 138.

（八）Peter Conrad, *The Everyman History of English Literature* (S. M. Dent, 1985), p. 121.

（九）Bridget Gellert Lyons, *Voices of Melancholy: Studies in Literary Treatment of Melancholy in Renaissance England* (Norton, 1971), p. 93.

（一〇）Lyons, p. 12.

（一一）Jane Aptekar, *Icons of Justice: Iconography and Thematic Imagery in Book V of The Faerie Queene* (Columbia University Press, 1967, 1969), p. 174.

（一二）Lyons, p. 13.

（一三）『オデュッセイア』呉茂一訳、岩波文庫上巻、二四〇頁。

（一四）Harry Berger, Jr., *Revisionary Play: Studies in the Spenserian Dynamics*

(University of California Press, 1989), pp. 195-96.

（一五）Elizabeth Heale, *The Faerie Queene: A Reader's Guide* (Cambridge University Press, 1987), p. 84.

（一六）中村善也訳、岩波文庫上巻、六二—六三頁。

（一七）Angus Fletcher, *The Prophetic Moment: An Essay on Spenser* (University of Chicago Press, 1971), p. 96.

（一八）Conrad, p. 122.

（一九）Richard Helgerson, "The Land Speaks: Cartography, Chorography, and Subversion in Renaissance England" in Stephen Greenblatt, (ed.) *Representing the English Renaissance* (University of California Press, 1988), p. 353. ヘルジャーソンは、「『妖精の女王』は王権と芸術家の力のイメージを示す。それをドレイトンは否定するのだ。セヴァーン川が王妃、ハンバー川が王なのであり、彼らはテムズ川に臣従の礼をつくすことがない」と記す。

（二〇）ロッシュは、この伝統がシェリー『アレスーザ』、ピーコック『テムズ川の守護神』を経て、ジョイス『フィネガンズ・ウェイク』の 'riverrun' やT・S・エリオットの「火の説教」に見られるスペンサーへの言及、またハート・クレインの『橋』におけるミシシッピ川の象徴主義を生みだすと説き、スペンサーは地誌的な詩と象徴主義の中間に位置する、と結論する。*Cf.* Thomas P. Roche, Jr., *The Kindly Flame: A Study of the Third and Fourth Books of Spenser's "Faerie Queene"* (Princeton University Press, 1964), p. 175.

（二一）Roche, pp. 177, 181.

（二二）Roche, p. 182.　Berger, p. 208.

（二三）Lawrence Manley, "Spenser and the City: The Minor Poems" in Harold Bloom (ed.), *Edmund Spenser* (Chelsea House, 1986), p. 201.

五　自我

一

『妖精の女王』第五巻は、後世の人びとにすこぶる不評である。ハミルトンが注釈版で、「第五巻は、最も単純な一巻であると解されてきたし、いまも読者から好意を寄せられることが少ない」と、第五巻の批評的情況を要約している。スペンサーの擁護者C・S・ルイスも、ヴィクトリア朝的な気質をもった学者であるにもかかわらず、『愛のアレゴリー』において、「スペンサーは憎むべきアイルランド政策の手足となり、スペンサー自身が加担した不正が、第五巻において彼の想像力を腐敗させはじめる」（一）と、第五巻が振わぬ理由を記すのである。しかしルイスが『愛のアレゴリー』を公刊したのは一九三六年だが、W・B・イェイツは一九〇二年にすでに次のように述べている。

スペンサーは、自分とともに生きていた人びとのことも、自分の周辺で一切の事象を変えていた歴史的事件のことも何ら理解してはいなかった。グレイ・ド・ウィルトン卿は赴任後ただちに本国に召還されたと言っていいのだが、スペンサーが生涯にわたって、特に『妖精の女王』および長文の散文作品『アイルランドの現況』において主張したのは、海の彼方イングランドからもちこんだグレイ卿の在来の政策であった。『妖精の女王』においてグレイ卿がアーティガルになり、「鉄人」はグレイ卿が指揮をとった兵士と処刑人たちであった。スペンサーはヒステリー患者のごとく不充分な根拠しかない材料を基に、非人間的な論理からなる錯雑した妄想を思い描いた。その妄想とは、正義は存在しない、法律も存在しない、存在するのはエリザベスの法律だけである、それゆえエリザベスに反旗を翻した者はだれであれ、神と文明に、また伝統ある一切の知恵と礼節に敵対したのであり、処刑されるのが至当であるといったものである。(二)

右の文章は、イェイツがみずから編集した『スペンサー詩選』の三十頁余りの序文から引いたものだが、この序文に見られるイェイツのスペンサー観は実は称揚と批判のあいだを微妙に行きつ戻りつしている。『スペンサー詩選』は、そもそもイェイツ自身が「思いだすためにつねに身辺においておきたい」詩集として構想したものであり、それはスペンサーが「喜ばしい感覚の詩人」として書いた作品集だった。そのために、倫理的、宗教的な態度に基く詩が排除されるのである。「スペンサーは、倫理的、宗教的な問題に取組むべきではなかったとだれもが考える。エマソンがシェイクスピアを称えた言葉を使えば、スペンサーは人類の祝典長たることで満足すべきであった。スペンサーは、壮麗なものと情熱のための感情に促されて執筆する時のほかは、アレゴリーを真実なものと看做しうる詩的ヴィジョンを描きえてはいないと考えられる(三)」とイェイツは記すのである。

スペンサーのテューダー朝的な観念のなかで「国家のイメージ」としてのエリザベスが、「スペンサーの良心を占有した」とイェイツは言う。「エリザベスは六十歳を超え、容貌醜悪で、歴史家が主張するように利己的であるのに、スペンサーの詩では、『麗しきシンシア』、『百合の王冠』、『天の象徴』、『汚辱なき人』であり、『天使の顔立ち』をしていた。『フィーバスはその黄金の顔を見せて』彼女を覗くが、とてもかなわぬと赤面する……(四)」。イェイツはエジンバラのさる書肆の依頼に応じ、二度の夏を費やしてスペンサーを繙読して詞華集をつくりあげたのだが、一人の詩人の感覚的な詩句と政治的な詩句を識別するという奇妙だが困難な仕事を成しとげたのである。

だがいま『妖精の女王』第五巻を考察するに当って、イェイツとは似ているが別種の詩の選別をしなければならないと考えるのである。確かに『妖精の女王』の根幹にテューダー朝的な絶対君主制の観念が染みついている。スペンサーにしてみれば、そのことについてはどのようにも対処しがたかったろう。『妖精の女王』には、第五巻以前の諸巻においてもすでに見たように、ローリー卿宛書簡や各巻の序詩に典型的に描かれるエリザベスの神話化、また『妖精の女王』制作のための教訓的意図（「徳高き、高貴なる訓練によって紳士あるいは貴族を養成する」）と並んで、遊歴《ウオンダーリング》＝逸脱の騎士たちの倫理的な脆さや危うさが書きこまれている。レナムの言葉を借りれば、騎士たちは「生来激情に唆かされ、（テューダー朝的な）静止状態を保つことができず、たえず正道から逸れる（流動的な）存在」（五）なのだ。二種類の観念が相互に滲透しあいながら、ほとんどアイロニカルな対立を構成する。アーティガルにおいても、レナムのいう静止状態と流動性が共存するのである。端的に言ってスペンサーの正義の観念は、愛や自然や時間の観念とともに曖昧であり（六）、そうした曖昧さが克服されてスペンサー特有の詩的豊穣性が生じるように思われる。

物語の進展とともにアーティガルの「正義」は多義性を増し、彼の心はいよいよ昏迷の闇を深くする。アーティガルがついにグロリアーナの宮廷に呼び戻されて第五巻の舞台から消えようとする時、「嫉妬」および「中傷」と名付けられる二人の老婆から悪口雑言を浴びせられる。

……お前は男らしからぬ策略と
許されぬ非道によって自分の名誉を傷つけ、
正義の女神から授けられたあの輝く剣を
むごたらしくも多くの無実なる者たちの
咎めなき血で汚したのだ。

（五・一二・四〇）

と「中傷」が叫び声をあげ、「嫉妬」が自分でかじっていた蛇を彼に投げつけ、アーティガルはその蛇に噛まれて傷を負う。「中傷」は厭うべき妖怪だが、その言葉がアーティガルの心に醜い傷跡を残したことは確かだ。スペンサーはアーティガルのことを、「彼はそこを通り過ぎ、老婆たちについて何ら気にとめぬようにみえた」（一二・四二）と書くが、蛇に噛まれた傷跡は「長く膚から消えなかった」という一行を付記する。第五巻の終り方は他の諸巻とは明らかに異なる。第一巻が輝かしい龍退治で終り、第二巻では、アクレイジアが捕縛されただけでいつでも誘惑者として姿を現わす不安を残しながらも、ガイアンは「至福の園」を徹底的に破壊する。また第三、四巻は川の結婚によってシンボリックに愛の賛歌をうたいあげ、クライマックスを形成する。ところが第五巻の結末はアーティガルが専制君主グラントートーを征圧しながら、アイリーナ（アイルランド、ギリシア語の平和《エイレーネー》）が統治する「荒廃した国土」の修復の途中で「所用があって」（through occasion）妖精の宮廷に呼び戻されるように仕組まれている。それがいかにも唐突なのだ。アーティガルは「中傷」に罵られ、石を投げつけられながら、「妖精の宮廷への道を歩いていった」。アーティガル召還は当然グレイ卿召還という歴史的な事実を反映している。スペンサーは、同じように中傷され、投石されたグレイ卿について「所用があって」帰国したと書く他なかっただろう。第五巻は他の諸巻以上に曖昧なまま幕を閉じ、スペンサーはアーティガルに関する倫理的な判断を差し控える。アプトカーが記すように、「中傷」が「彼女なりの邪悪なやり方で、アーティガルという傷つき易い人間の心の的に矢を射当てた（七）」のだろう。

　哀れにもアーティガルは、『妖精の女王』の騎士のなかで批評家たちから類を見ぬほどの集中的な非難を浴びせられる。正義の女神ユースティティアは古来長く正義とともに法律また権利、権益を意味した。騎士たちは正義（権利）の判定を受けるために、王侯の前で一騎打ちをし、種々の前近代的な試罪法にいどんだことが広く知られている。そのことが騎士道的ロマンスである『妖精の女王』の物語に投影されている。アーティガルにとって正義は、（少なくとも当初は）内面に発するのではなく外面的なものであり、そのためにアーティガルは「最も軽薄で頼りない英雄(八)」と称され、ついにはスペンサーにとって「正義は単に王権の維持を意味するにすぎない(九)」という批判を受けるに到るのである。「正義は存在しない。法律は存在しない。存在するのはエリザベスの法律だけである」というイェイツの歎声が現代のスペンサー研究のなかになお聞えてくるのだ。

アーティガルはその原型がすでに『妖精の女王』第二巻にアーチギャルド Archigald の名で登場し、「彼は傲岸不遜だったために王座から退位させられ、情に厚いエリデュアがあとを継いだが、まもなく彼は兄アーチギャルドに王位を返した」(二・一〇・四四)と書かれている。モンマスのジェフリーによれば、アースギャロは正義とは無縁な支配者で一度王位を奪われ、復位後は万人に対して厳しい正義をもって臨んだという。アーティガル Artegall は第三、四巻で当初アースギャル Arthegall と表記されていた。スペンサーはアースギャルのアーサーとの類縁を強調したかったのだが、アースギャロの「厳しい正義」が、「正義の騎士」を描こうとするスペンサーの注意を引き、正義を行使するアーティガルという人物が創造されたのだと思われる。

もうひとつの原型がルネサンス期に英雄の典型とされたヘラクレスである。シェイクスピアもハムレットに、独白のなかで「(クローディアスは)おれの父の弟だが、父とは似ても似つかぬ。おれとヘラクレスほどに違う」(『ハムレット』一・二・一五二―五三)と語らせている。ハムレットは、数々の偉業を成しとげた怪力無双の英雄の名をあげて比較し、おのれの非力を歎く。しかし第五幕の墓場の場面ではハムレットは、レアティーズとはげしく諍いながらこの狂暴な青年をヘラクレスと呼んで、「ヘラクレスにはしたいようにさせておこう」（五・一・三一四）と言って心騒ぐわが身を制する。ハムレットはおのれの究極的な勝利を信じ、それゆえにレアティーズとのいさかいをやめるのだが、ここにはヘラクレスを揶揄する気配がある。ヘラクレスには、当初から大力だが無法にして兇暴、さらに好色で原則を欠くという性格が付与されていた。アーティガルはヘラクレスに倣うであろう。

スペンサーは『妖精の女王』五巻一篇の劈頭でアーティガルの先達としてバッカスとヘラクレスをあげる。

……バッカスはすさまじい力を揮って
それまで未開だった東洋の全土を征服し、
邪悪を抑え、正義を樹立した。
無法者たちがかつて正義を蹂躙したが、
「正義」がはじめて王として支配しはじめたのだ。

ついでヘラクレスが相似た模範を示して、
同じような征服によって西洋全土をわがものとし、
手にした棍棒、王者の威力を備えた恐るべき正義の棍棒で
怪物めいた暴君どもを屈服させた。

いま私が語るはずの、真の正義の闘士アーティガルも
そうした人物だった。……

(五・一・二―三)

スペンサーはこのあと直ちにアーティガルが、「怪物めいた暴君」のグラントートーに襲われて捕われの身となったアイリーナを救出するために、妖精の宮廷から旅立つ旨記している。しかしアーティガルの究極的な功業は、スペンサー自身が語るように「他の大きな冒険のために長く顧みられず」(五・一二・三)、その記事は第十二篇の前半部でわずか二十五連によって描かれるにすぎない。第十二篇はグラントートー制圧と二人の老婆の中傷との二つの部分からなり、アーティガルは功成った瞬間に批判を受けるといった印象を与える。スペンサーはアイリーナ救出を第五巻のクライマックスとして設定することができ

なかった。C・S・ルイスのいう想像力の腐敗をスペンサー自身が無意識のうちに気づいていたのではないだろうか。少なくともスペンサーは、長い冒険の旅を終えたアーティガルを不本意に挫折させることによって血醒い第五巻に決着をつけたのだと思われる。

アーティガルが旅の途上に出会う敵は、他の騎士の場合とは異なり、アマゾン族の女王ラディガンドを除いて、誘惑者ではなく、単なる「怪物めいた暴君」であった。当初はアーティガルはそれらの暴君たちをひたすら打ち倒せばよく、そのためこの騎士の「正義」は酷薄で、表層的、報復的であり、アーティガルは正義の自動装置と化した趣きがある。従者の「鉄人」タラスはアーティガルの正義を誇張しながら象徴する存在だろう。タラスは鍛冶の神ヘパイストスによってつくられた青銅人間タロスとラテン語 talio（同害報復、同罪刑法）の合成である。タロスはクレタ島にあって青銅版に刻みこまれたミノス王の法律を島民に見せ、外国船に大石を投げ、また自分の体を焼いて敵人を抱いたまま焼き殺したという。アーティガルはタラスの無残な殺戮を見て時には止めよと命じ（一一・六五、一二・八）、あるいはタラスに痛めつけられる人間に哀れを催すが、「アーティガルが押しとどめる殺戮は、アーティガルが意図した殺戮である」（アプトカー）(一〇)と言いうる。

アーティガルが「怪物めいた暴君」ポレンティを殺害し、ポレンティを呪力によって援けていた娘のミュネーラが住む城塞を攻めた時、魔女ミュネーラは畏れをなして財宝の山のなかに隠れた。

……タラスはそこから
ミュネーラの金髪をつかんで曳きづりだし、
美しい姿を見ても容赦せずに手荒く痛めつけ、
そのためにアーティガルは彼女のみじめな姿を哀れんだ。
だがアーティガルは哀れみはしたが、
タラスの手に委せた正義の道を変えようとはしなかった。
……タラスは彼女の哀願する手、あの黄金の手を、
また彼女の足、磨かれた銀の足を
(これが不正を求め、正義を売ったのだ)
切断し、人々の見せしめのために高々と釘で打ちつけた。

(五・二・二五—二六)

金の手と銀の足をもった妖女ミュネーラは、鋼鉄人間タラスと対応するように巧妙につくられている。金属の「法」または「法の執行」が金銀の武具で装った「貪婪」を制御する

図は倫理的なアレゴリーであることをやめ、戯画的（劇画的）ロマンスの雰囲気を漂わせる。アーティガル、タラス、さらにはブリットマートによる正義の行使は、タラスのミュネーラ征服と同じ反ロマンスの視点で見ることができるかもしれない。アーティガルはポレンティを斬首し、ポレンティの下僕で丸坊主のガイザーを撲殺し、グラントートーを同じように斬首する。タラスは、貧しい大衆を煽動する「巨人」を海辺の岩から突き落して溺死させる。ブリットマートもガイザーの二人の弟を突き倒して殺害し、ラディガンドを斬首する。大勢の番兵を蹴散らし、群衆を追い払うのは、「分別と悲しみの情に欠ける」（六・九）タラスの役割で、タラスはラディガンドの番兵たちや、バーボンを包囲する暴徒や、グラントートーの兵士たちに対して大量殺戮を繰り返してやまない。

二

しかし、ここからはアーティガルの自我の内部に潜入してみたい。アーティガルは、正義の女神アストライアがまだ人間界に住んでいた時、彼女から直接「正義」について学んだ。この女神は無垢な少年アーティガルを「人訪わぬ洞穴に連れてゆき」（一・六）、騎士になるまでそこで養育した、とスペンサーは告げる。森のなかには人間が見当たらないので、アストライアは他の動物に乱暴を働く野獣をアーティガルに襲わせて、正邪の判断を養うことにした。

そのために野獣まで彼の畏怖すべき姿を恐れ、
だれもがその抗しがたい怪力を称えた。
この世に生きている人間で、この男の恐ろしい命令に
逆らう者はなく、彼の好敵手となる者もいなかった。
また彼が怒り狂って鋼の剣を振りあげようとする時、
その復讐心に満ちた恐怖に耐えうる者はいなかった。

（五・一・八）

アーティガルが、第四巻において馬上槍試合に「見知らぬ騎士」、「未開の騎士」（四・四・三九、四二）として登場し、試合場に「入るなり、最初に目にとまった人間に槍を構えた」（四・四・四〇）といったような異常な狂暴性を発揮したことを思いだすのである。アーティガルの鎧は森の苔で覆われ、ごつごつした盾には「繊細さなき未開」（Saluagesse sans finesse）と書かれ、馬は樫の葉を飾りつけていた（「樫」は情欲または怪力を象徴

する)。第五巻にも、マリネルとフロリメルの婚約式の呼び物に槍試合があり、アーティガルが同じように「見知らぬ騎士」としてこれに加わる記事がある。アーティガルは百人の騎士を倒し、さらに、マリネルと協力して数多くの騎士を退けるが、この試合に際してブラガドッチオの盾を借り、勝者となってから「見知らぬ騎士」として群衆のなかに隠れている(三・一〇、二〇)。明らかにアーティガルは文明と未開の狭間に位置する人間であり、彼の盾についているモットーの「繊細さなき未開」を「策略なき未開」と読めば、アーティガルを高貴なる未開人と看做すこともできる。いずれにせよこの狂暴な青年は、策略に満ちた日常生活に、「人訪わぬ森」つまり外部から到来した人間なのだ。アーティガルがアストライアの薫陶を受けていた森は「黄金時代」の象徴になるだろう。スペンサーは「いまの時代」を「鉄の時代」に続く「石の時代」と規定する(序詩・二)。スペンサーは第四巻で、「美しいものが汚ないものになり、汚ないものが美しいものになった」(八・三三)と歎ずるが、いまや「正義が不正であり、いにしえの不正が正義である」(序詩・五)と記すのだ。黄金時代と「石の時代」が、森と草原という地誌的空間として並置されるのである。

アーティガルは、森という「外部」の非日常的な世界で育てられ、日常的な世界の遍歴の旅に出る。文明と未開、石の時代と黄金時代、さらには狂暴と優雅、策略と高貴さ……

そうした二元性を、アーティガルは同時に身につけることになる。この二元性の統一のために、新たなる文明、新たなる神話、あるいは新たなる自我を想定することができる。アーティガルの自我の内部に、文明と未開、石の時代と黄金時代が対立する劇が生れた。アーティガルの自我の舞台には、劇の二元性から生ずる曖昧さがあろうし、劇の二元性から統一への進展も期待できるだろう。第五巻の二、三のエピソードのなかでそのことを検証し、「正義の騎士」を通じてスペンサーの自我のあり方を明らかにしたい。まず民衆に社会的な正義を訴える「巨人」とアーティガルが弁論で争う場面を見ることにしよう。

アーティガルと巨人が争うエピソードはひたすら弁論に終始する。まず巨人が民衆に訴えかける弁論があり、アーティガルがそれに口をはさむ形で異議を申立て、以下交互に自分たちの考えるところを述べあうのである。あまたの民衆が二人の訴えに耳を傾けていて、二人が立っている海辺の岩場は、裁判所か古代ローマの広場にもみえてくる。まず巨人が口火を切る。

——海が陸地を浸蝕し、火が大気を飲みこむように、国家も国土自体も正道から逸れた振舞いをしている。それを元の平等に戻さなければならない。(二・三一—三二)

——万物は天地創造の折に、創造主の力によって均衡ある釣合いを保つようにつくられた。それゆえ天の正義がすべてのものに行き渡っているのであり、それ以後何ら変化は見られ

ず、万物はそれぞれに限度を心得ている。総じて変化は危険なものだ。（二一・三四―三六）
――高い山々を打ち倒し、低い平地と等しくしなければならない。人々を強引に自分の掟に従わせる暴君たちを制圧し、庶民を脅かす貴族を抑え、金持ちたちの富を貧しい者に分与するのだ。（二一・三七―三八）
――高い山は低い谷を貶めることがなく、谷は山を妬むこともない。至高なる方が王侯を王権の座につけ、臣下をその権力に従わせている。エホバが与え、エホバが奪い給うのだ。だれも神の大いなる意志に抗うことはできない。（二一・三九―四二）

この対話は、まさに宗教的、政治的論争である。アーティガルと巨人は果し合いによって雌雄を決するのではなく、聖書に基く弁論に専心している。巨人は怪物であるどころか、平等を主張し、三八連では「もろもろの谷は埋められ、もろもろの山と岡とは平らにされ……」（ルカ伝三・五）という終末的なヴィジョンに依存する論理を組み立てるのだ。

こうした弁論試合を中断する形でタラスによって巨人が葬られるのだから、スペンサーは現状維持の秩序感覚しか備えていなかった、（二二）あるいは千年王国論的な予言に反対していた（二三）とも言えようが、スペンサーは「巨人」と「未開人」の弁論を交互に並べ、レトリック的な対立が醸成する緊張を楽しんでいるように思われる。ケンブリッジ時代に経験した学生たちの弁論試合を再現しているとも言えそうだ。サングリアのエピソード（一・一三―

三〇）も、ブレイシダスとエイミダスとの兄弟の争い（四・四―二〇）も、法的所有権をめぐる弁論の実践である。弁論は言語の表層を重視し、多かれ少なかれ対象を相対化する。後にアーティガルがしばしばタラスの殺戮を押しとどめ、また「アーティガルの正義」の生贄にみずから哀れを覚えるのは、伝統的な正義の観念にいささかなりとも疑問を抱いたからに他ならない。アーティガルと巨人の対話について、フレッチャーは前記したアースギャロと関連づけて興味深い指摘をしている。

モンマスのジェフリーが伝えるアースギャロは、若い支配者として「至るところで貴族を懲らしめ、庶民を励まし、金持から財産を奪いとり、莫大な富を貯えることに精励した」（『ブリテン諸王の歴史』三巻一七節）。第五巻においてアーティガルが格別にこのようなことをするというわけではない。だがアースギャルの志を継ごうと願う人物がいる。平等主義を奉ずる巨人である。第五巻で主役の騎士は正義を学ぼうとしているのだから、この巨人のエピソードに関して、「アーティガルは自己との対話のうちに正義を学ぶ」と言ってもいいだろう。スペンサーは「平等主義者の巨人がアーティガルの分身である」と訴えてはいないが、この騎士の生涯の伝説的な原型に目を投ずれば、巨人こそまさにアーティガルの分身なのである。アーティガルが巨人を議論で打破る時、おの

れ自身の高慢を打破ったことになる。(一三)

フレッチャーは微妙な書き方をしているが、他の事柄を捨象して言えば、巨人のエピソードをアーティガルの内部の対話、あるいは自我の劇と考えることができる。だが巨人がアースギャロの志を継ぐのかどうか、またアーティガルが巨人を打ち破った時、高慢を克服したのかどうか、つまりこのエピソードにおいてアーティガルが人間的に成長したのかどうか等に疑問が残る。それらの問題は『妖精の女王』第五巻をいかに読むかに関連するが、「スペンサーが、発展し成長する人物を描くという主張は、この詩の表現や事件によって論証することができないし、ルネサンスの作品に不適切な近代的見解を押しつけることになる」(一四)というアプトカーの指摘を無視することもできない。だがアーティガルが巨人に対抗したことによって、巨人の言説はこれからもアーティガルの心的領域に生き続けることになろう。

第五巻の中心を占めるのは、ラディガンドをめぐるエピソードとイシスの神殿の場面である。第五巻は「正義の巻」と称されるが、事実は第三、四巻の続篇を形成することになろう。「遙か遠くまで訪ねる恋の遍歴よ」(三・一・八)というスペンサーの歎息が一万数千行を隔ててここに達している。ラディガンドの物語は、ブリットマートの「認識の家」

ともいうべきイシスの寺院の記述を挾んで、第四篇の中途から第七篇に及ぶ。第八篇からは、先行する諸巻の例に倣ってアーサーを登場させなければならない。アイリーナ救出の使命を帯びたアーティガルにしてみれば、思わぬ長い寄り道だった。アーティガルは三か月ものあいだラディガンドの奴隷になり、女装して彼女の工房で酷使されるが、ブリットマートがラディガンドを襲うことがなければ、その期間はさらに延長したろう。ブリットマートは女性ながらアーサーの役割を果たしたのである。

スペンサーは「いまだ女の罠に捕えられなかったほどの道心堅固な男はこの世にいなかった」（六・一）とアーティガルを弁護するが、アーティガルが演じた失態の先例としてヘラクレスを掲げている。

ヘラクレスは、かつて世界を悩ました
あまたの怪物どもを棍棒で屈服させたが、
イオレーのために棍棒を捨てて
その逞しい手で卑しい糸巻棒を握った。
獅子の毛皮を黄金のローブに代え、
戦うことを忘れ、甘美な恋の合戦に耽り、

ひたすらおのれの愛人と戯れたのだ。

（五・五・二四）

ヘラクレスの男装した女主人＝愛人《マスター・ミストレス》は、後に妻となるイオレーではなく、リュディアの女王オンパレーである。イオレーとオンパレーを取違えるのはルネサンスでは通有なことだが、もしスペンサーが意図的に両者を混同したとすれば、女王の位置にある女性を残酷な女主人＝愛人に仕立てるのは、スペンサー流のペトラルカ主義に対してみずから企んだ痛烈なアイロニーである。それはそれとして、スペンサーがイオレーの名を記したために、ヘラクレスがイオレーの兄イーピトスを歓待の酒席で狂気に駆られて（あるいは泥酔して）城壁から投げ落した話を改めて思いだすのである。慚愧に堪えぬヘラクレスはその罰としてみずから進んでオンパレー女王の宮廷に奴隷として売られるに委せた。有名な『分れ道のヘラクレス』は、この英雄が徳《ウィルトゥース》と快楽《ウォルプタース》を選ぼうとする図像である。ヘラクレスは徳を選択するはずだが、力が過剰で欲望に支配されやすく、大罪を犯しがちなヘラクレスはしばしば人々の期待を裏切る。

アーティガルもいま「分れ道」に立っている。アーティガルはラディガンドと一騎打ちをするが、その前にラディガンドが勝負の結果に条件をつける。ラディガンドが勝てばアーティガルはラディガンドの掟に従い、アーティガルが勝てばしたいようにせよというのである（四・四九）。正義の掟とラディガンドの掟が対等に競いあい、すでに正義は相対的な価値でしかない。しかもラディガンドはアーティガルの「したいこと」を見抜いている。アーティガルは性的欲望に促されて、ラディガンドの支配に屈するというのだ。アーティガルは、「女の罠」とともに弁論の罠に陥る。試合が始まり、アーティガルは太腿に傷を負いながらもラディガンドを倒すが、彼女の首を断ち切ろうとして冑を取ると、ラディガンドの「自然のみごとな美しさの奇跡」（五・一二）が目に入り、「美に対する哀れみ」（五・一三）からアーティガルは武器を捨てる。結局正義の騎士は、起き上って攻撃をしかけてくるラディガンドに慈悲を乞う始末だった。同じようにアーティガルは第四巻で、ブリットマートの「母なる自然の威容を示す比類なき鑑」（四・六・二四）に圧倒されて敗れたが、それとは異質な敗北である。アーティガルは、ブリットマートの場合には「得体の知れぬ恐れのために力を失った」（四・六・二一）。第五巻ではスペンサーは、「騎士は打負かされた、いや打負かされたのではなく、みずから進んで敗れたのだ」（五・一七）と記す。「みずから進んで敗れた」（"He wilfull lost"）は、「欲望に駆りたてられて敗れた」と読むこともできる。なぜなら「この高貴なる騎士は恥ずべき欲望によって彼女の欲望に屈した……」のだから（五・二〇）。シェイクスピアの「欲望の十四行詩《ウィル・ソネット》」がアーティガル屈服の延長線上にあるだろう。

アーティガルはラディガンドの掟に従った。アーティガルは「欲望に駆りたてられて」敗れたが、騎士道の名誉を保持するために「みずから進んで」敗れたとも解しうる。「やがて真の恋人が彼のために自由を獲ちとる」（五・五七）だろう。「真の恋人」（"his owne true loue"）を「真の愛」と読みかえることが可能である。アーティガルは「真に愛することによって自由になる」(一五)。アーティガルは牢獄から釈放される前に自由になる。第四巻の終りに記される、「捕われていながら自由の身にして下さい」というフロリメルの逆説的な祈りが、ここでアーティガルによって成就したのである。こうした愛の二義性と自由に関する逆説からシェイクスピアとダンは多くを学ぶであろう。前に引用したシルバーマンの言葉を再録すれば、スペンサーは「正義の巻」においても、「感覚的な経験を超越するのではなく、それを意味づけ」、「自我を再発見するのではなく、自我を形成する」作業を果たす。そのことによって「堕ちた世界における不確定性と無知から意味がおぼろげに生成される」ことになるのだ。

「不確定性と無知」から「意味」の生成に到る過程を、第七篇でブリットマートが辿る。ブリットマートはタラスからの知らせを受けてラディガンドの城に向うが、途中「イシスの寺院」を訪ねる。イシスは黄金の冠を頭にいただき、右手に白い杖を携えている。黄金の冠も白い杖も王権を象徴する。イシスの足元には鰐が横たわるが、彼女はそれに片足をのせ他の足で大地を踏みしめている。スペンサーはこの図像についてイシスが、「意図された策略と公然たる暴力」（七・七）を抑えつけていると記すが、ナイル川の守護神イシスが、鰐に象徴されるナイルの自然性（自然なる欲望）(一六)を統御すると考えることができる。イシスはさらにアーティガルの「厳しい正義」を抑制する。後にブリットマートは夢のなかで真紅の王服をまとい、黄金の冠をつけるが、彼女は女神＝女王たるイシスと一体化する。第四巻でアーティガルはブリットマートに「得体の知れぬ恐れ」を感じて彼女の前に跪くが、傍らにいるスカダムアは、いままでアーティガルが心のなかで女性を軽蔑していたから「女の奴隷」になったと囃す（四・六・二八）。それは単にペトラルカ主義的な女性観を批判するにすぎないが、イシスの寺院でブリットマートが意図しているのは、男の情欲と苛酷な正義を同時に統御することだろう。そのことによって「未開の騎士」は文明に親しむようになる。「ブリットマートはイングランド王家の嫡子を儲ける前に、彼女の気まぐれな恋人に結婚の訓練を課さなければならないだろう」(一七)と、ジェーン・アプトカーが書いている。

ブリットマートはその夜「不可思議な夢」を見る。夢のなかで突如嵐が吹き荒れ、祭壇の聖火をあたりに撒き散らし、火は燃え上ってはげしい炎となった。イシス像の足元に眠っていた鰐は大きく口を開き、炎と嵐を食い尽すが、そのために体が膨張し、またおのれの力に対する過信から心も拡がり、ブリットマートを飲みこんでしまいかねなかった。イシスが王杖でたたくと鰐は従順になった。やがて鰐はブリットマートに近寄り、彼女に求愛する。ブリットマートが受けいれると「鰐の戯れによって」彼女は受胎し、獅子を生む。この夢の寓意は何か。ブリットマートもそのことに思い悩み、憂鬱な心を抱くが、イシスに仕える祭司長が寓意を解き明かす。

神々は、愛の結末と長い成行きのすべてを
夢のなかであなたに啓示している。
あの鰐は、オシリスのごとく正しい業につとめる
正義の騎士、あなたの恋人を表わすのだ。
あの鰐はオシリス神である。
鰐がイシスの足元でいつも眠っているのは
オシリスの厳しい戒律と残酷な裁きが、
判断を誤った時、寛容がしばしば
それを抑えることを示すためである。

（五・七・二二）

鰐は、オシリス、アーティガル、また正義を、オシリスの妻にして妹のイシス像は、前記したごとくブリットマート、また慈悲を表わすが、寛容が正義を抑制すべきことをブリットマートの夢は伝えるのである。しかし嵐によって燃えさかり、鰐が飲み尽した「聖なる火」は何であろうか。祭司長は続けて、「(ブリットマートが父王から王位を継ぐ時に)正義の騎士は多くの敵がまきおこす騒がしい嵐や猛り狂う炎を鎮めるだろう」(七・二三)と予言する。だが祭壇の聖火は、結婚の浄化の火(レッドクロスとユーナの婚約の日に灯された祭儀的な火)、性愛の火、ビュジレインの館の入口に燃えさかる嫉妬の火(第三巻ではその火を難なく通り抜けたブリットマートも、いまラディガンドに対して嫉妬の炎を燃やしている)等、燃え上る「自己生成的、自己保存的、自己再生的な」(ハリー・バージャー)一切の象徴の火が重ねあわされたものだろう。聖なる火はさまざまに解釈されて、一定の観念としては解読できず、あまたの観念が炎のイメージのなかで対立と統合を繰り返す。典型的なスペンサー的アレゴリーである。

ブリットマートはイシスの寺院の祭司たちと別れ、ついにはアーティガルを救出する。アンダーソンによれば、第五巻には「二重の動き」があり、一方の力は「社会的な現実性と時事的なアレゴリー」に向い、他方の力は「森と神話的な過去」に向うという。(一八)この後第五巻は、はっきりと時事性の濃い部分と神話性の濃い部分に分割されるように思われる。『妖精の女王』批評史において第五巻は長く政治的アレゴリーとして読まれ、『アイルランドの現況』と関連させて論じられてきた。最近ではカーモードの政治的アレゴリーとしての分析が最も周到である。(一九)「イシスの寺院」以後の諸篇を一瞥しただけでも、スペイン王フェリペ二世はサルタンとしてマーシラ(エリザベス)の宮殿を窺い、ジェリオーニーとしてベルジと十七人の子(ネーデルランド十七州)を痛めつけ、グラントートーとしてアイリーナ(アイルランド)を征圧する。またナヴァール王アンリ四世はバーボンとなってその宗教的変節を非難される。『妖精の女王』のなかでアーキメイゴーとともに最も恐るべきデュエッサは、スコットランド女王メアリーとなってマーシラの審判を受ける。しかしアプトカーが記すように、「スペンサーは多かれ少なかれ、同時代の人物や事件に言及するが、そのことが甚だしく強調されるわけではない」(二〇)と言っていいのではないか。

サルタンの妻アディシア(メアリー・テューダー)はまさに「社会的な現実性と時事的なアレゴリー」を超え、濃密な神話性を付与される。アーティガルはアーサーと協力し、マーシラの使者セイミアントの助力をえてサルタンを自滅させるが、そのことを知ったアディシアははげしく復讐心を燃やし、短剣を取ってセイミアントを襲う。

それは短剣を手にして夫の子を殺し
投げ捨てた時の荒れ狂うイーノーか、
コルキスの浜辺でおのれの弟の骨を
あたりに撒き散らしたメーデイアか、
あるいはバッカスの巫女の群のなかで、
いとしいわが子の肉体を引裂いた狂気の母親のよう。
だがイーノーも、恐れを知らぬメーデイアも
どのバッカスの巫女も、あの使者を見た時の
この不遜な女ほど怒り狂ってはいなかった。

（五・八・四七）

しかしアーティガルがアディシアの手から短剣を奪い取ると、彼女は狂人のごとく激怒し、
荒れた森のなかに駆けていった。

そのさまは狂った雌犬が狂気の発作により

燃える舌をはげしい怒りで焼き尽し、
あたりを走りまわり、出会う者は人間でも獣でも
相手構わず怒り狂って噛みつき、
怨みを晴らす時のようであった。
人々の話によれば、彼女は虎に変身し、
その荒々しさと残酷さは
虎の危害をはるかに凌ぎ、
彼女につけられた名が偽りではないことを示した。

（五・八・四九）

アディシアは、「邪悪、不正」を意味するギリシア語「アディキア」が連想される名だが、彼女は、自分の子供や弟を殺害する神話的な狂気の女たちに譬えられる。虎に変身したアディシアは、おのれの息子を殺されて殺害者のトラキア王の両眼を抉り出し、犬に化身して吠えるトロイアの妃ヘカベを想起させる。さまざまな神話物語から新たな神話が合成され、新たな変身譚が生れる。固定した不変の神話は存在しない。それゆえ人間はたえず神話を形成する動物だともいえる。アディシアの激怒が時間、空間を隔てて増幅され、一切

の狂気を包みこみ、限りなく拡大する。アディシアの虎は森のなかで眼を爛々と輝かせて世界を脅かし、いつ混沌が再来するかも知れぬことを予告する。怒りはアディシアの舌を焼き、「燃える舌」は言葉をなさず、ひたすら吠え続ける。ブリットマートが見た夢のなかで、浄火の火、愛の火、欲望の火が燃えていた。それらと対立したり、あるいは相和しながら、アディシアの怒りの火は燃えさかる。その火は「嫉妬」や「中傷」といった老婆、さらには老婆たちにけしかけられて百の舌でわめく「多弁獣《ブレタント・ビースト》」の怒りと敵意に転化される。スペンサーは、アディシアの「燃える舌」が発する無意味な言葉をヘカベの絶叫に重ねることによって、アディシアの存在を神話化する。そのことによってアディシアの怒りは普遍化される。アディシアの激越な情念がアーティガルの心に反響する。おそらくアーティガルはおのれの自我の内部に同じ怒りと敵意がひそむことを知っただろう。第五篇の前半でアーティガルの正義はしばしば報復的だった。アーティガルは剣による正義の実現を断念する。アーティガルは命ぜられれば、ふたたび「破邪顕正の剣」を振うだろうか。むろんテューダー朝人のスペンサーは、アーティガルにそれを拒否させることはできない。しかし「未開の騎士」は経験によって教化され、騎士としての冒険を疑問視しはじめている。アーティガルは報復と怒りの情念に恐れを抱くようになった。「正義の騎士」の役割を果たすのが既成の文明と無縁な「未開の騎士」であったことに、第五巻の最大のアイロニーがあると思われる。

再三述べたように、「正義の騎士」として遍歴を重ねたアーティガルは、最終的な使命であるアイリーナ王国の再建につとめていたが、ある日俄かにその作業を中断する。

……彼は王国を完全に立て直さぬうちに、
所用があって妖精の宮廷に呼び戻された。
そのため止むなく正義の営みを
中途で取り止めることになり、
さらにはこの国を正すはずであったタラスを
正義の道から連れ戻さなければならなかった。
（五・一二・二七）

スペンサーはこれより先に、「正義の女神は、たとえその審判に手間取ろうと、ついにはご自身の大義を成就する」（一一・一）と述べ、また別の箇所で、「部分を救うためにしばしば肝心な事柄を損う徳」（正義）よりも、「おのれの業の相手を救い、同時に正しさの判定から逸れることのない徳」（慈愛）を偉大なものと主張する（一〇・二）。アーティガルは苦難と挫折のあとに、既成の権威としての正義の観念を退けるばかりか、正義の力によっては人間を救いえぬことを思い知らされる。引用した詩句の「正義の営み」や「正義の道」は皮肉な言葉となる。みずから経験したように、この世界とおのれの内部に邪悪な情念があること、正義よりは偉大な慈愛によって「正義」が実現しうること、また獄舎に閉じこめられても人間は自由を守りうること、アーティガルはそうした逆説的な「意味」を探りあてることができたのである。

註

（一）C. S. Lewis, *The Allegory of Love* (Oxford, 1936), p. 349.

（二）W. B. Yeats, *Essays and Introductions* (Macmillan, 1961, 1989), p. 361.

（三）Yeats, pp. 381, 370, 368-69.

（四）Yeats, p. 369.

（五）Richard A. Lanham, *The Motives of Eloquence: Literary Rhetoric in the Renaissance* (Yale University Press, 1976), p. 213.

（六）*Cf.* Jane Aptekar, *Icons of Justice: Iconography and Thematic Imagery in Book V* of *"Faerie Queene"* (Columbia University Press, 1967, 1969), p. 107.

（七） Aptekar, p. 118. 他にJudith H. Anderson, "'Nor Man It is': The Knight of Justice in Book V of Spenser's *Faerie Queene*" (*PMLA*, vol. 85, 1970) quoted in A. C. Hamilton, *Essential Articles for the Study of Edmund Spenser* (Archon Books, 1972), p. 454.

（八） Anderson, pp. 451, 447.

（九） Sean Kane, *Spenser's Allegory* (University of Toronto Press, 1989), p. 140.

（一〇）、（一一） Aptekar, pp. 118, 28.

（一二） Angus Fletcher, *The Prophetic Moment: An Essay on Spenser* (University of Chicago Press, 1971), p. 64.

（一三） Fletcher, p. 157.

（一四） Aptekar, p. 223.

（一五） *Cf.* Anderson, p. 456.

（一六）、（一七） Aptekar, pp. 98, 101.

（一八） Anderson, p. 469. アンダーソンは「二重の動き」について次のように書いている。「一方の力は、社会的な現実性と時事的アレゴリー、名誉などのいささか合理性を欠く目標、文学的なレベルでは人物描写または性格創造、他方の力は森や神話的な過去、正義や不正といった合理的な抽象概念、擬人化、具体化された諸原理、動物寓話等に向う」。

（一九） Frank Kermode, *Renaissance Essays: Shakespeare, Spenser, Donne* (Routledge, 1971; Fontana, 1973), pp. 33-59.

（二〇） Aptekar, p. 8.

六　言語

スペンサーは『妖精の女王』第六巻を書き終えることによって、断片的な詞章を除き、優に三万行を超える詩的空間の構築を完成したことになる。しかし『妖精の女王』に付けられたローリー卿宛書簡によれば、スペンサーは本来六巻の二倍の十二巻、さらには(「これが大方の好評を博したならば」)その二倍の二十四巻からなる超大叙事詩に仕上げようと意図していたらしい。この「詩人たちの詩人」は甘美にして夢幻的、また悠々たる言語的音楽によって、ほとんど限りなく詩句を連ねることができ、『妖精の女王』はスペンサーがみずから称する「果てしない仕事《エンドレス・ワーク》／目的なき作品」(四・一二・一)になったかもしれないのだ。

次の二つの断章は、『妖精の女王』第一巻と最終巻から引いたものだが、スペンサーの創作意欲が時間の経過によって一向に衰えていないことを示す。

さあ陽気な船人たちよ、帆を降ろせ。……

しばらくの間、船はここで静かに碇泊させ、
使い古した索具を修理し、
足りないものを積みこむことにしよう。その後で
かねて目指していた船路にふたたび出航するのだ。

（一・一二・四二）

さあ陽気な働き人よ、鋤をひく私の馬たちを
先程まで耕していた畝にもう一度帰しておくれ。
私は自分の鋤の刃が耕し残した
一畝一畝を放置したままにしている。
この土地は美しく豊かな実りをもたらすようにみえる。

（六・九・一）

スペンサーの詩神は「陽気な」船人また農夫として倦むことなく、つねに肉体的、詩的、文化的労働に帰ろうとする。しかしこれらの詩句に見られるイメージ、意味、態度には考慮すべき問題がいくつかあるように思われる。第六巻の農夫のイメージは、注釈者たちが

記すようにスペンサー愛用のもので、スペンサーは幾度となくそれを使用する。例えば第三巻の最終連で、「いまや私の馬たちはみな日々の仕事に疲れはて、息が切れ、よろけはじめた」(三・一二・四七、一五九〇年版)と歎く(他に四・五・四六、五・三・四〇等)。だがそれらの場合とは異なり、第六巻では語り手は詩神に対して、自分が安息、閑暇ではなく行動に向うことを祈願する。

『農耕詩革命』の著者ロウはこの点を強調して、「スペンサーは労働に疲れて休息を求める農夫ではなく、……労働が産みだす豊かな収穫を待ち望む『陽気な働き人』を登場させる」(二)と六巻九篇の詩句を説明する。ロウの研究はウェルギリウスの『農耕詩』の影響を十六、七世紀のイギリス詩に探るところにあるが、ロウは前掲の引用に続けて、

> この時代に親しい読者にとってさらに著しいのは、スペンサーが騎士道的言語を現実主義的な農耕詩の文脈に移植したことである。……スペンサーがこの文脈で騎士道的言語を使用したことは、この時代の農業労働に対する典型的な態度の徹底的な修正、つまり『妖精の女王』が全体として主張する修正を示している。農民のつつましい仕事は、もはや恥ずべきもの、口にしえぬものと考えてはならない。……それどころか農夫の労働は有用で名誉をもたらし、輝かしい収穫さえ手にいれることができるのである。こうし

た辛い労働を無視することを、スペンサーは騎士道に背くものとして批判する。(一)と主張し、ミルトンとともにスペンサーを農耕詩（または農耕）革命の主要な推進者に見立てるのである。ミルトンに関して言えば、『失楽園』のなかで、アダムは堕落の前夜、エバに翌日の仕事について語る。

明日、新たなる朝が来て最初の光を注ぎ
東の空が輝きわたる前に、われらは床を離れて、
楽しい労働に励み、かしこの花園や、
真昼時の散歩道となる彼方の緑の並木を
手入れしよう。あたりに樹々の枝がはびこり、
われらの作業が行き届かぬことを嘲笑っている。
繁茂する草木を刈りこむには二人では手が足りないのだ。

（四・六二三―二九）

「楽しい労働」に類似した語句をミルトンはすでに四巻三二八行で使っている（「彼らの

甘美な庭造りの労働」）が、ファウラーの集注版はその箇所で、ミルトンは通常の黄金時代における牧歌的活動とは異なるものを独自に描いているというバーデンの指摘に言及し、「庭仕事がミルトンの時代に教養人のあいだで流行っていた」と付け加える。[三] ロウであれば、原始の男女がいそしむ「楽しい労働」は農耕だったと考えるだろう。つまりロウは従来牧歌的伝統と考えられていたものを労働を讃美する農耕詩の文脈に読みかえようというのである。

　スペンサー論としては、ロウはスペンサーがテューダー朝的貴族主義の修正を意図したという立場から出発する。『妖精の女王』第一巻の騎士レッドクロスは、「瞑想」と名づけられた老師とともに山頂で天上のヴィジョンを見た時、老師から古いサクソンの王族の出自ながら「土の子」（一・一〇・五二）と呼ばれ、後に「陽気なイングランドのセント・ジョージ」（一・一〇・六一）となるだろうと予言される。ジョージは語源的に農夫《ゲオールゴス》を意味する。スペンサーはセント・ジョージ神話が、ウェルギリウスが利用した農民にして有為の将軍キンキンナトゥスやサビーニ人たちのローマ的伝承に代わるものと考えた。ロウはそう推測し、次のように議論を進める。

　スペンサーの読者、なかんずく宮廷人にとってこの神話の意味は、よき血統を継いでいることがイングランドの指導者に相応しいのだが、もし困難な労働に精を出す人たちのもとで少なくとも精神的な指導を受けるならば、内面の徳をもっとよく鍛えうるのである。(四)

「内面の徳」を培うには牧歌的閑暇ではなく、農耕詩的労働が必要であるというのだ。「牧歌は伝統的な貴族主義に密接に結びついていて、宮廷の腐敗に対する長期的展望をもった十分な対抗手段とはなりえない(五)」とロウは主張する。

しかしロウはスペンサーにとって「よき血統を継いでいることがイングランドの指導者に相応しい……」と書いている。スペンサーの貴族主義は、第五巻を論ずる時に触れたアイルランドに対するイギリス植民地主義とともにつねに厳しい批判にさらされている。そのことはさまざまに論じられているが、次のジェラーの文章は、スペンサーの一時代前の文人たちの見解と対比して述べてあるので、ここに引いておくことにしよう。

イギリス人の伝統的な見解は、徳高き行為を家柄より高く評価することによって、チョーサー、トマス・エリオット、またロジャー・アスカムの跡を追う。スペンサーは徳なき貴族を認めぬ点でこれらの先達と意見を等しくするが、徳高き行為（第六巻では礼節）

をなすのに高貴な生れの必要を主張する点でスペンサーは先達と異なる。高貴な身分を礼節の前提条件とするのは、スペンサーが徳を、摂理によって堕落した人間にあたえられる恩寵の賜物と考えるところから生ずるのだと思われる。(六八)

ジェラーは恩寵の観念を援用して、スペンサーの貴族主義に対する批判を緩和しようとする。しかしスペンサーが階層的な「存在の鎖」の思想を抱いていたことを否定するわけではない。ジェラーの所説はロウの十年前に発表されたものだが、新歴史主義者モントローズはロウがその著述を公刊した翌年、ジェラーより激越にスペンサーを弾劾する。

エドマンド・スペンサー以上に、この情況(エリザベス女王崇拝)の形成に際立った役割を果したことをみずから公言する人物はいない。……文学史とエリザベス朝の社会において中心的位置を占めるとされるこの著述家は、比較的卑賤な血統の人物だった。ロンドンの職人の子スペンサーがジェントルマンと署名することができたのは、ケンブリッジで修士課程を修了したからにすぎない。貴族たちの後援をえ、役人に登用されたこと、またアイルランドの地所を取得して社会的な地位を確保したのは、政府助成金による教育と彼自身の言語的技能によるのである。スペンサーは詩人として朝野の喝采を浴び、都市の職人の素姓ながら巧妙にその地位を昇進させることができたが、この人物は詩のなかで自分が形成すると称した特権的社会の、地理的、社会的、経済的な周辺に留っていた。(七)

ロウとモントローズの着想、方法、判断はまさに対照的だが、それぞれに見るべきものがあるだろう。両者に眼を配りながら『妖精の女王』第六巻を検討することにしたい。

ロウによれば、スペンサーの詩神は第六巻でなお疲労から容易に回復しえた。ロウは労働を尊重する農耕詩の精神が第六巻に横溢すると主張する。(八)だがスペンサーの現状肯定の秩序感覚に影のようなものが差していた。あるいは『妖精の女王』の構造に染みついたテューダー朝的な貴族主義の観念が揺らぎはじめた、と言ってもいい。それは妖精の国に繰り拡げられるスペンサーのロマンスと神話が崩れようとしていることと関係があるだろう。まず第六巻の序詩から検討するつもりだが、総じて序詩は、詩神やキューピッドに対する祈願（創作の苦しみや喜びの吐露）の他は通常エリザベス女王賛美に終始する。スペンサーは女王に、「天の輝きに満ちた女神よ、優雅さと聖なる威厳の鏡よ」（一・序・四）、また「全能者に代って裁きの座にいと高く座し給う、恐れ多き至高の女神よ」（五・序・一一）

と呼びかける。序詩と本文のあいだに存する裂け目を示すことを、『妖精の女王』研究の
基本に数えるべきである。しかし第六巻にあっては、序詩のなかで、スペンサーはエリザ
ベスに対してすこぶる微妙な態度をとるのだ。次の詩句は序詩の五、六連だが、二つの連
に用いられる鏡のイメージの意味するところは明らかに相違する。

……今日見られる礼節は昔の礼節とはまったく異なり、
行きずりの人の眼を楽しませる偽造品にすぎず、
人びとは鏡によってしか完全な徳を見ることがない。
だが鏡はまぶしくて、最も賢い人さえも
眼を晦まされ、真鍮を金であると思いこむ。

……おお至高の女王よ、あなたご自身に見られる
王者の礼節の正しい誉れを
他のどこに見いだすことができよう。
それはあなたの澄んだお心のなかに
輝く鏡で見るがごとく現れており、

そこに注がれる眼をその光で燃えたたせる。

エリザベスの栄光は「輝く鏡で見るがごとく」現前する。しかしスペンサーはそう称える直前に、「鏡はまぶしくて、最も賢い人さえも眼を晦まされ」ると記している。エリザベスの誉れを顕現するはずの鏡は人の眼を晦ます役を果たすにすぎないというのだ。同様なアイロニーが一篇一連の二行に見られる。序詩の最終行「あなたの宮廷は礼節にすぐれている」に続く形で、「礼節《コーテイシー》は宮廷《コート》にちなんだ言葉のように思われる。礼節が他の場所に勝って宮廷にみち溢れているのだから（"...it there most vseth to abound"）」とスペンサーは記すが、"vseth" は現在時制でありながら過去の事象を表わすようにも読める。

こうしたアイロニーは、第六巻の騎士キャリドアと第五巻の騎士アーティガルとの出会いの記事にも窺われる。それは第一、二巻の騎士レッドクロスとガイアンの邂逅とはなはだしく対照的である。第一、二巻の騎士たちはアーキメイゴーの策略に陥って争いあい、たがいに槍を構えるが、二人は直ちに誤解を悟って和解し、それぞれが相手の名誉を賞賛する。ここには騎士道的ロマンスに則った一定の描写と態度がある。他方、正義の徳を実現したはずのアーティガルはおのれの冒険の意味に疑いをもちはじめて「なかば悲しげな面持」（六・一・四）を見せ、キャリドアもアーティガルに対して、「あなたが辿りついたところから、私は果てしない途を歩みはじめる。人が足を踏み入れたことのない道を、どう入ったらいいのか、どう出たらいいのか、案内もなければ然るべき指示も受けられない」と遍歴の行く末についての不安を隠さない。武勲物語としては奇妙な描き方である。スペンサーの態度が不安定なため、既成の様式を遵守すべきかどうか迷っているようにみえる。

キャリドアが退治しようとする狼じみた怪物は、百とも千ともいわれる舌で喚いて人を中傷する「多弁獣《ブレタント・ビースト》」である。その親族は争いの母アーテや、アレゴリー化された「中傷《スクロンダー》」や「嫉妬」であり、「多弁獣」はそれらが集大成された存在だろう。「中傷」についてスペンサーは次のように記す。

彼女の言葉は、通常の言葉の目的とは違い、
内なる心の意図を表現するためのものではない。
腐った悪臭が詰めこまれた内臓から送られ、
激しい突風のように吐きだされる
毒気であり、悪意ある息であった。
それは耳を通り抜けて心臓を刺し貫き、
統御できぬ悲しみで魂を傷つけた。

「嫉妬」に関しては次の記述がある。

……この女は胆汁を飲むのだ。
それは他に食べるものがない時には
自然の道に背いて自分の胃袋を喰らい、
自分の汚い内臓を食物にするからである。

（四・八・二六）

（五・一二・三一）

彼らはおのれの胆汁を飲み、毒気を外に放ち続ける、自己破壊的、自己増殖的な、噂、中傷、汚名、世人の不当な声である。この妖怪たちから攻撃を受ければ生け贄となった者は何ら抵抗する術もない。(九) ギリシア語の「悪魔《ディアボロス》」は「中傷者」を意味するが、中傷者「多弁獣」の文学的な由来はウェルギリウスの「風説《ファーマ》」にあるだろう（『アイネーイス』四・一七三以下）。「風説」なる怪鳥は身体に生えている羽毛の数だけ眼と舌と耳をもち、アイネイアスとカルタゴの女王ディドーとの情事を天下に喧伝する。スペンサーはこの社会的、心理的な怪物を、ウェルギリウスの「風説」をはるかに肥大化させて造形し、第六巻の中心にすえてキャリドアに追跡させる。その毒気と息は人の心を「統御できぬ悲しみ」で傷つけ、心理的暴力と化して犠牲者を不安に駆り立てる。妖精の騎士は退治しがたい怪物を退治しなければならない。「多弁獣」は一度はキャリドアに捕えられて鉄の口輪をはめられ、鎖でつながれるが、後に人の手から逃れ、いまこの世の到るところに跋扈する。

かくしてこの獣はいまふたたび世界をさまよい、
すべての身分と地位の人のなかで暴れまわり、
だれひとり取り押える者がいないので
近頃はいよいよ横暴を極め、
刃向う者には、非難に価する人であれ、
何ら罪のない人であれ、吠えかかり、噛みつく。
また才知溢れる学者を容赦なく罵り、
気高い詩人の詩歌をも許さず、
だれであれ、いつであれ、彼らの五体を引き裂く。

（六・一二・四〇）

第六巻の登場人物で「多弁獣」によって深傷を負うのはティミアスとシリーナである。ティミアスはアーサーの従者であり、シリーナは騎士キャリパインの連れの婦人にすぎない。こうした二次的な人物ではなく、なぜ騎士が傷つくようにスペンサーは物語を仕組まなかったのだろうか。尊大で無法な騎士クルーダーもおり（一・一五以下）、かつて人から受けた恥辱が忘れられず、遊歴の騎士に対してつねに報復を企む騎士の脱落者ターパインもいる（三・四〇以下）。しかし彼らは他者であり、征服されるべき敵方である。だがキャリドア側の騎士たちも無傷のままなのだ。多少の悪事を働いても人々から見逃される者もあり、些細な失策から思わぬ汚名を着せられる人もいる。どうやら「多弁獣」の餌食になり易い人間がいるようなのだ。

シリーナは「陽気な（または好色な）騎士」(a iolly knight) キャリパインの美しい恋人である。ある日二人が森の木陰で「静かな愛の楽しみ」（三・二一）に耽っているところにキャリドアが来あわせる。キャリドアは直ちにおのれの不作法を弁解し、詫びる。キャリドアとキャリパインはたがいに長い旅路のあいだに起きた冒険の数々を語りあうが、シリーナはその間「さまよう眼の導くままに揺れる欲望に促されて」森から草原に出、「あちこちを勝手に歩きまわる」(loosely wandring here and there)。その時彼女は「多弁獣」に拉致される。「さまよう眼」は、エリザベス朝抒情詩の文脈では恋する人間の心定まらぬ状態を表わし、loosely は倫理的な過誤を示唆する。

ティミアスは『妖精の女王』の読者に長く親しまれた人物である。概ね各巻（主に第八篇）で活躍するアーサーの従者であるためにしばしば登場するのだが、万事に未経験なこの若者は勇敢ながら何回となく失策を重ねる。ティミアスが第三巻でエリザベス女王に擬されるベルフィービーに恋い焦がれながら、第四巻で可憐なアモレットに心を寄せ、そのためベルフィービーの逆鱗に触れてメランコリーに陥り、ついには隠者のような生活を送ることは前に書いた。彼は亡者のように憔悴しきって、主人のアーサーさえティミアスの顔が識別できぬほどだった。第六巻でふたたびティミアスが現れた時、語り手は、「彼はベルフィービーの愛顧を取り戻し、……幸福の絶頂に達し、人々の妬みもおのれの転落も恐れなかった。もっとも幾多の敵がそのために恨みを抱き、不当な中傷でティミアスを陥れようとした」(六・五・一二) と告げる。ティミアスの破滅を願う「幾多の敵」のうち、「悪意《ディスペットー》」、「欺瞞《デチェットー》」、そして「中傷《ディフェットー》」の三人の屈強な男が最も激しい憎しみを抱いていた。彼らはティミアスを辱しめるために「多弁獣」を放つ。ティミアスは一度はこれに立ち向い、逃げようとする獣に噛まれて負傷する。

ティミアスとシリーナの重い傷は仲々治らなかったが、小さな庵で余生を過す一人の隠者の忠言を受け入れて癒される。この賢人は身分ある家柄の出で、かつて戦場で勇者として名をとどろかせたことがあるという。来客に接するに礼節を尽し、「礼節を装う宮廷の愚者たちにありがちな偽りの様子」（五・三八）を微塵も見せなかった。この隠者の処方は、

まず弱い気持をかきたてる事柄を避けるよう
外に向う感覚に教えることが肝要である。
目と耳と舌と口を、その最も好むものから
遠ざけ、それ相応の限度に留めておくのだ。

（六・六・七）

といった至極単純なものだった。これではほとんど何も言わぬに等しいではないかという反論がありそうである。しかしもう少し広い文脈から考えてみたい。

実は「多弁獣」によって傷ついた人間がもう一人いた。『妖精の女王』の語り手自身である。そのことをスペンサーが第六巻最終連に記している。

多くの詩のなかで最も慎しいこの素朴な詩も、

私の旧来の作品と同様に、あの獣の毒を含んだ
悪意を逃れる望みはないであろう。……
だからわが歌よ、おまえはいっそう節度を保ち、
人に喜ばれるようにせよ。それが賢者の宝なのだから。

（六・一二・四一）

遥かに一万数千行を遡ることになるが、第四巻の冒頭でスペンサーは、

厳しい深謀遠慮により国事公務を
統べる、額に皺を寄せた人が、
私のひどく散漫な詩をはげしく非難する。

（四・序・一）

と書いた。またティミアスがベルフィービーの怒りを買った時、語り手はティミアスについて、

先頃この高潔な従者の身に起きたことによって
立証されたごとく、権力者の不興は
死よりも恐ろしく危険であると語った
賢者の言葉はまことに至言である。

（四・八・一）

と記す。「額に皺を寄せた人」は通常エリザベスの腹心、バーリー卿ウィリアム・セシルを指すといわれるが、ここでいう「権力者」はベルフィービー＝エリザベスに言及していると考えてもいい。

スペンサーは、『妖精の女王』第二部（四、五、六巻）でおのれが受けた中傷、批判の言葉に触れ、ベルフィービーによって深く傷つくティミアスの物語を間歇的に語り続け、ティミアスをスペンサーの分身として描く。ついに宮廷の中枢に近づきえず、モントローズが記すごとく、「特権的社会の、地理的、社会的、経済的な周辺に留っていた」スペンサーは、「多弁獣」の餌食となった、騎士ならぬ従者ティミアスに似ている。語り手が貴族主義やエリザベス礼賛に傾きながら、「宮廷の愚者たち」の悪習に嫌気が差した隠者をティミアスの導師の地位においていることも、スペンサーの意図の一部分であろう。スペンサーについて単に「詩人として朝野の喝采を浴び、都市の職人の素姓ながら巧妙にその地位を昇進させることができた」（モントローズ）と評するだけでは片手落ちという他ない。

「多弁獣」は政治的、社会的、心理的な妖怪であるとともに、言語的怪物である。「多弁獣」が横行して詩人たちを脅すのは、エリザベス朝社会における詩人の地位の失墜を表わすといえる。すでに詩的形成力としての詩的アレゴリーが効果を失いはじめたとも考えられる。リチャード・ニューズの主張を要約して記せば、第五巻の巨人のエピソードで見るごとく、騎士道的な秩序によって新たな「大衆の叛乱」に対処することができなくなった。それどころか騎士道はもはや高貴な理念を実現する手段とはなりえず、社会的な地位の表象として固定し、形骸化した（一〇）。また「多弁獣」は「おのれの詩に対するおぼろな脅威」であり、それがおのずから「一種の心理的な予防装置」になるとのグロスの考えも興味深く、ここに挙げておく（一一）。

第五巻のマーシラ（エリザベス女王）の宮殿で、アーサーとアーティガルが、一人の詩人が柱に舌を釘づけにされた無様な姿を見る。

　一行が大広間の間仕切りのあたりに来ると、

ある男がひどい罪を犯したために、
法の定めにより支柱に舌を釘づけにされていた。
この男は怒りのあまりだいそれた言辞を口にし、
また怪しからぬ詩句をこねあげて、
女王が悪事を企てたと、その舌で
口汚く罵り、女王をひどく冒涜したからだ。
この男はあつかましくも警世の（不遇の）詩人を自称し、
諷刺の詩句を世に拡めていたのである。

（五・九・二五）

人々が大勢行き交うところで曝し者にされた男の頭上には、罪状と思われる文字が書かれている。それは一度「よき泉《ボン・フォント》」と記され、これが「悪しき泉《マルフォント》」と修正されていた。この修正は象徴的なことである。よき詩人、幸福な詩人が、悪しき詩人、不遇の詩人に変貌する。このエピソードはある特定の諷刺詩人に関するものではないだろう。「悪しき泉《マルフォント》」から、アルピオン・フルウェル（悪しき泉《ファウル・ウエル》）がそのモデルとして提案されている。しかし「おのれの詩に対する不確かな脅威」を感ずるスペンサーとスペンサーの時代の詩人たちが、ここで痛めつけられていると考えた方がいい。騎士道的言語が詩人たちを裏切り、アレゴリー的な表現様式の衰退が彼らの存在を不安定なものにするのである。アレゴリーが保持する観念と表現のあいだの対応関係が揺らぎはじめたのだ。ティミアスとシーリアの傷を見て、隠者は「内緒事を慎しみ、堂々と話をせよ」（六・一四）と忠告する。前記したごとく隠者の言葉は単純なものだが、アレゴリーの「内緒事」（secresie）が無効であることを間接的に伝えると読むことができよう。騎士道的な言語表現に対する「おぼろな脅威」にスペンサーは捉われる。アーテの罪過とされる事柄から倫理的な問題を取り除いて言えば、「二枚の舌が別々なことを喋る」（四・一・二七）ことが許されぬ時代が到来したのである。

第六巻にはさまざまな騎士が登場する。騎士道から逸脱した騎士のクルーダーとターパインについては前に言及した。森の谷間の茂みで恋の歓楽に耽るアラダインも騎士であれば、彼から美貌の恋人を横奪しようとした無法者も騎士である。キャリドアは「多弁獣」を追って森を出てゆく（三・二六―八・五一）。その間彼の代理役をつとめるのは「陽気な騎士」キャリパインである。そのキャリパインがターパインに襲われた時、争いながらいつも自分の恋人の背後にまわってターパインの槍から逃れようとする。[二二] またアーサーの生命をねらうターパインは、二人の騎士の助力をえようとして金銭の報酬を約束する。ここでは超自然的な怪物に代って、騎士道に背く者たちが征服されるべき対象となる。

第六巻の最初のエピソードで、キャリドアは謂れなくしてブライアーナに、「裏切り者の偽騎士め、いや騎士などではあるものか」（一・二五）と罵倒される。またその次のエピソードで、樵の装いをした若いトリストラムが馬にまたがる騎士を打ち倒す。これを見ていたキャリドアは、騎士ならぬ者が騎士と争うのは騎士道に反すると詰るが、この若者は、「自分が他人に打たれるよりは、騎士道を何度でも破ってみせよう」（二・七）と応答し、その後で事の経緯を説明する。第六巻は当初から、騎士とはだれか、騎士道とは何かが問い直され、騎士道の正当性に対する懐疑が全篇に滲透している。「偽騎士め、いや騎士などではあるものか」というブライアーナの叫び声は、前記したモントローズのスペンサーに対する批評そのものである。スペンサーにとってそれが（グロスのいう）心理的な「予防装置」として作用したかもしれない。「いっそ騎士道を……破ってみせよう」という野生人トリストラムの気概に、スペンサーは共感を寄せていたととることもできよう。そうしたスペンサーの直感的な認識は、騎士道ロマンスとしての『妖精の女王』の終焉を予感させる。「終りなき作品」は「目的なき作品」に転落しかねないのである。

第五巻の背景は、平原、山岳、また岩石の多い海辺だったが、第六巻は豊かな森、ときには荒れはてた森に舞台を移す。森には「高貴な未開人」が住む反面、抑制のきかぬ欲望が渦巻いている。第五巻のアーティガルは「人訪わぬ森」で正義の女神アストライアの薫陶を受けた。だが男性性器の恰好をした「情欲」なる怪物も「荒々しい未開人」として第四巻に出現する。六巻四篇から登場する「野生人」は人間の言語を話さず、恐怖を知らず、「自然の最初の掟に従って、耕さず、種を播かず、野の獣の肉を食わず、その血を啜らなかった」(四・一四)。駆ければ追われる雄鹿のように速く、怪力で不死身だった。この野生人はターパインに襲撃されたキャリパインを救出し、キャリパインの血を吹く深傷のために野の薬草を採りに走る。だがこの男は後にアーサーに従ってターパインの城に赴いた時、城の番人を「荒々しく引き裂き、ばらばらにしてしまい」(六・一二)、ついには城の到るところに、タラスのごとく忽ちのうちに死体の山を築く。こうした森の人間たちによって、スペンサーの森を一元的に解釈することは不可能である。それどころか、前にあげた森での騎士と女性の交情、またそれを覗く人物たちの窃視症《ヴワヤーリズム》は、森が騎士道的修練の場ではなく、退行の場となったことを物語る(一三)。第六巻にはさらに食人種が現れる。キャリパインの恋人シリーナは、キャリパインを尋ねて旅に疲れ果て、ある日草の上に身を投げだして眠る。そこには人肉を喰う「野生人の一族」が住んでいて、彼らはシリーナを見つけるや、すぐに殺そうか、眠りから目覚めさせようか、一度に食べてしまおうか、何度にも分けて食べようかと話しあう。「ある者は一番美味な眼のところを選び、ある者は乳房を、ある者は唇と鼻を嘗め、ある者はナイフを研ぎ、腕まくりをする」（八・三九）。

シリーナは野生人たちの動きに気づき、恐怖に怯える。野生の一族はシリーナの宝石を奪い、衣服を剥ぎとり、その美しい肢体を見て眼を輝かすのである。

その象牙色のうなじ、雪花石膏《アラバスター》のように白い胸、
恋人が快い楽しさのうちに休らぐ
白絹の枕のような乳房、
柔らかな脇腹、白く輝く腹部、
それは神聖な犠牲を捧げる
祭壇のように盛りあがっている。
またみごとな腿、それは凱旋門のように
輝いてみえ、その上に諸々の王が
戦闘で獲ちえた戦利品をかかげる。

（六・八・四二）

これは第二巻で見たベルフィービーの抒情的肖像（二・三・二一―三一）を思いださせるが、それに比して描かれた文脈から見て無惨でひどくエロティックにみえる。ペトラルカ主義的な女性賛美の徹底したパロディである。しかしシェイクスピアの『ソネット集』一三〇番（「ぼくの恋人の眼は……」）が知的なパロディであるのに反して、これは濃厚な官能性が特徴をなしている。スペンサーは宮廷愛を病める性愛として批判するのだ。前出の隠者となった宮廷人が非難する「宮廷の愚者（五・三八）」(courting fooles)を「求愛する愚者」と読むことができる。騎士道に不信感を抱きはじめたスペンサーは、古びたペトラルカ主義のイメージを狂気の官能そのものとして示したのである。

次いでスペンサーは騎士道的ロマンスの枠組のなかに、「無垢の儀式」(一四)としての牧歌的世界を混入する。第九篇から十一篇に及ぶ比較的長い「牧歌的間奏曲」は、キャリドアの騎士道的探求からの逸脱を示唆するのだろうか。バーナードは、これが多くの読者に「緊張からのほとんど恣意的な解放」という印象をあたえかねないという。(一五)第九篇冒頭で「陽気な働き人よ」とおのれの想像力に訴えた語り手は、直ちにキャリドアの「多弁獣」追跡の次第を記す。

　　キャリドアはひたすらかの怪物を追い、
　　昼も夜も息つく暇もあたえなかった。
　　怠惰のために音に聞えた探索を忽せにして
　　取りかえしのつかぬ危険を招くことを恐れ、
　　自然の要求なる眠りのほか休息をとらなかった。
（六・九・三）

「取りかえしのつかぬ危険」があるからには、本来ならばキャリドアはおのれの使命に余念がないはずである。だがキャリドアは野に出て羊飼いの若者たちに遭遇して、彼らの牧歌的な生活に没入することになる。羊飼いは、キャリドアの問い掛けに対して、「そのような怪獣」も、「幸福な羊の群を傷つけたり、自分たちを危険に陥れる悪魔」も見たことがないと答える。騎士にしてみれば、それはエデンの園の祝福である。しかもキャリドアは天人のような美女パストレッラの姿を見て、不意に「キューピッドの細かに編まれた網」に掛けられる。キャリドアは、「追いかけてきた獣が遥か彼方に立去ったというのに、ここから先に進もうという決心が萎えてしまった」（九・一二・一―三）。キャリドアも遊歴＝逸脱《ウオンダリング》する騎士だった。シリーナの肉体の官能的な描写からわずか百五十行ほどを経て、語り手は羊飼いの娘パストレッラの均整のとれた肢体について歌いあげる。スペンサーはつねにエロティックな衝動に促される詩人だったように思われる。エロスが真実解明の端緒になると考えていたのかもしれない。

パストレッラの養父メリビーはかつて宮廷で働いていたが、いまは質朴な牧歌的生活を送る老人であり、「幸いにもこの世の海の嵐から遠く逃れて、……そのためにだれを妬むこともなく、だれからも妬まれることがない」(九・一九—二一)と語りえた。「だれを妬むこともなく、だれからも妬まれることがない」生活こそ、アーテ、「中傷」、「嫉妬」、「多弁獣」に悩まされたアーティガル、シリーナ、ティミアス＝スペンサーが希求してやまぬものだった。キャリドアは羊飼いの踊りや音楽、パストレッラ(＝牧歌《パストラル》)に対する恋によって、グロリアーナに課された仕事をしばらく忘却する。だがエロス化された牧歌によって眼前に見ることができたものが、森に囲まれた広い台地、ヴィーナスの丘、アシデイルで繰拡げられる神秘の光景だった。それは自然の技によってつくられた一切の美が集められ、第三巻の「アドーニスの園」に匹敵する法悦にみちた空間だった。百合のように白い百人の裸身の乙女たちが輪をなして踊り、その中央に三人の喜びの娘たち、「美の女神《グレイシズ》」が座を占め、そのまた中心に一人の少女が指輪の宝石のように位置していた。スペンサーは明らかに、『妖精の女王』第一部から十六、七年前に執筆した『牧人の暦』

の描写を再現したのである。

見よ、三人の美の女神、楽の音にあわせて
　優しく舞い踊るさまを。
嬉しさ溢れ、手さばきはあやに美しい。
　妙なる声の響きよ。
円をなす踊りに足りぬいま一人の女神、
わが女王に席をあたえよ。
　　エリザを美の女神とせよ。
　第四の位置を占め、
三人の女神とともに天を統べしろしめさせよ。

（『牧人の暦』、「四月」）

しかしスペンサーは『妖精の女王』では、『牧人の暦』の「わが女王」、「エリザ」を、粗野な田舎娘、陽気なコリン・クラウト＝スペンサーの恋人に代える。エリザベス女王に対する何たるアイロニーだろうか。輪舞する百人の乙女はスペンサー自身による詩的幻想であろう。（一六）アグライア（輝き）、エウプロシュネー（喜び）、タレイア（花の盛り）の三女神は、ヴィーナス（美、愛、生殖＝創造）の侍女である。スペンサーは、幻想美の極致を真に想像的なエンブレムとして回復することができた。キャリドアがアシデイルの丘で見た審美的ヴィジョンは牧歌的でありながら日常的な経験に根ざし、ペトラルカ主義からもエリザベス礼賛からも独立したものであった。スペンサーは第六巻において真に探るべきものを探りあてたといえよう。牧歌はさまざまに定義できる。それを爛熟した宮廷文化から前宮廷的な生活を顧みる貴族たちの回想的な文学様式であるとするよりは、おのれの出生に戻って自我のあり方を検討する、倫理的、審美的な自己認識のためのジャンル＝態度＝行動形式であると考えたい。バーナードが記すように、「牧歌の本質的な方式により、詩人たちは低くへりくだることによって高い境地に到達する」（一七）のだから。キャリドアは間もなく騎士としての探求に帰るが、「多弁獣」を征圧するには、そうした倫理性に根拠づけられた牧歌的態度をもってする他ないであろう。

しかし神秘のヴィジョンは、キャリドアが森から出て、アシデイルの丘に向い、そこに近づくと瞬時にして跡形もなく消え失せる。それどころかキャリドアが森のなかの狩猟に出掛けているあいだに、羊飼いの生活自体が山賊の侵入によって壊滅する。羊飼いたちは、パストレッラと一人の羊飼いを除いて斬殺される。メリビーまでが殺される。それは陰惨、異様また唐突な印象さえあたえかねない、「無垢の儀式」の終局である。キャリドアは、アシデイルの法悦の瞬間は求めても呼び戻すことができない（一〇・一一）ことを知るが、それと同じく牧歌的祝祭は想像力の幸運によって実現する他ないものであった。詩神がつねに人間に好意を寄せるとは限らない。詩人たちは認識のための幸運をひたすら待つのである。

　ところで、叙事詩と牧歌の混在は、古典主義的批評の観点からすれば多くの批判があるところだろう。ジャンルの混淆は、反アリストテレス的、反ホラティウス的であり、さらには反ペトラルカ的であるとさえいわれる。ロザリー・コリーによれば、ペトラルカは、文学の諸形式はその純化されたものに復元されるべきであると主張し、詞華集めいたもの、断片的な詩歌の合成の習慣を痛烈に非難した。そうした習慣は、「詩歌、つまりまさに創られたもの《ポィエーマ》としての文学作品という感覚を読者から奪いとると感じたのだ」と記す。[一八]しかしジャンルの混淆は、一個の詩のなかに、存在するすべての素材、文体、態度を吸収しようとする衝動の表われであろう。コリーは、「混淆詩」（"misti poemi"）について、「この形態が世界に対する様々な『姿勢』から広範にして集合的なヴィジョンを形成した」と書いている。かくしてコリーは、排除主義《エクスクルージョニズム》（ジャンル純化論）と包括主義《インクルージョニズム》（ジャンル混淆論）の二種類のカテゴリーを設定する。[一九]

『妖精の女王』の構造はまさに包括主義的である。叙事詩のなかに牧歌的間奏曲が嵌めこまれているばかりか、ロマンス、抒情詩、アレゴリー、諷刺詩、結婚祝歌、エロティックな滑稽譚その他が混入され、最近ロウが強力にその存在と意味を主張する農耕詩様式も随所に見られるのだ。『ハムレット』におけるポローニアスが皮肉まじりに列記する「……牧歌喜劇的、史劇牧歌的、悲劇史劇的、悲劇喜劇史劇牧歌的」は、混淆詩に関する正確な事実認識だったのだろうか、そのパロディだったのだろうか。ピーター・コンラッドは次のように書いている。

『妖精の女王』は真に生成的な作品で、スペンサーはみずから創造した旺盛なアドーニスのごとくに、「すべて形あるものの父」（三・六・四七）である。……あらゆる物語の恵み深い相互の連結者、融合者なのだ。……『妖精の女王』において文学の全体が内部で活力ある姿を見せている。(二〇)

『妖精の女王』は包括主義的な原理によって豊満で充実した詩的空間を形成する。それを「終り／目的なき作品《エンドレス・ワーク》」と呼ぶことができる。しかし観念と現実の齟齬、中世的騎士道とルネサンス的宮廷生活の著しい乖離が、『妖精の女王』の方法としてのアレゴリーを破綻させた。騎士道の規範、修練、遊戯性は、地位、権力、保守性の象徴に転落した。アテーと「多弁獣」は、社会的にも審美的にも破壊的な威力を発揮する。生殖、生成、創造の喜びを喚起する詩的想像力は、病的な悦楽によって腐蝕しはじめる。スペンサーの尽きることを知らぬ「終りなき作品」の世界は、アシデイルの丘の幻影のように消えようとする。いまや社会的、文学的に新たな態度と技法を駆使して逆説的にしか表現しえぬ新たな現実が到来し、ついにスペンサーは「多弁獣」と一体になって一切の神聖なものに挑む。「多弁獣」は僧院、聖堂、聖像を破壊し尽くし（一二・二三—二五）、犬の舌、猫の舌、熊の舌、虎の舌、三叉の刺のついた蛇の舌、人間の舌によって人々に毒を吐きかける。聖所破壊を、ヘンリー八世の修道院解体や、ピューリタンたちの偶像否定に関連づける批評家が頗る多いが、そのこととあわせてみずからの想像力に対するスペンサー自身の失意を示唆するのだと思われる。

スペンサーの詩的言語は生成的、増殖的で、夥しい生命のイメージを創りあげ、十六世紀末葉に活力を失いはじめたアレゴリーを「動く比喩（二一）」、また存在感の濃い象徴に昇華させえた。スペンサーは神話的様式を駆使して、無数の物語を結合し、生命漲る詩的体系を形成した。その形成力がほとんど無限と称しうるタペストリーを編み続ける。スペンサーの世界は多元性を特色とし、スペンサーの自我自体が多元的で、自己再生的であった。スペンサーは自我の分裂を知らなかったように評されるが、自我が分裂する寸前に、潜在する複数の自我を結合したのである。一つのことを表現し、他のことを意味するという、アレゴリーの辞典的な定義を、アレゴリー解体を主張する文学理論家が好んであげ、スペンサーは長くそうした定義の抑圧下におかれた。神話はたえざる自己増殖性を備え、たえざる再生をみずから経験できるはずだが、この再生作用を喪失すれば、『妖精の女王』は無数の断片の並列、「遥かに拡がる庭園墓地」のようなものにすぎず、知的衝撃力を失うだろう。しかし『妖精の女王』がつねに新たなるヴィジョンを再生する経過それ自体となりえたのは、スペンサーの神話生成が騎士たちの遊歴《ウオンダリング》＝過誤の経験に基いていたからだと思われる。

スペンサーの真に恐るべき敵は「多弁獣」だった。それは第二巻に登場した「死ぬことのできぬ」怪物マリジャーを遥かに凌ぐ恐怖を呼び起す。それは宮廷に不在の宮廷人スペンサーがたえざる中傷にさらされるという意味ばかりではない。多弁な詩人が、囁き声とわけのわからぬ音声を発するにすぎぬ未開人（四・一一）を物語の展開に重要な登場人物に仕立てたことにより、言語に対する懐疑を吐露したためである。スペンサーはおのれ自身のなかに「多弁獣」を見たのだ。言語に生きる詩人が言語によって躓くことになる。言語に躓きながら言語によって詩的世界を創造する他ないところに詩人の宿命がある。スペンサーは詩人の宿命を生きる他なかったのである。

註

(一) Anthony Low, *The Georgic Revolution* (Princeton University Press, 1985), p. 37.

(二) Low, pp. 37-38.

(三) Dennis Burden, *The Logical Epic* (1967), quoted in Alstair Fowler (ed.), Milton: *Paradise Lost* (Longman, 1968), p. 214.

(四) Low, pp. 40-41.

(五) Low, p. 43.

(六) Lila Geller, "Spenser's Theory of Nobility in *Book VI of The Faerie Queene*" in *English Literary Renaissance* (Winter 1975), p. 50.

(七) Louis Adrian Montrose, "The Elizabethan Subject and the Spenserian Text" in Patricia Parker & David Quint (eds.), *Literary Theory / Renaissance Texts* (Johns Hopkins University Press, 1986), p. 318.

(八) Low, p. 43.

(九) Kenneth Gross, *Spenserian Poetics: Idolatory, Iconoclasm, and Magic* (Cornell

University Press, 1985), p. 225.

（一〇） Richard Neuse, "Book VI as Conclusion to The Faerie Queene" in A. C. Hamilton (ed.), *Essential Articles for the Study of Edmund Spenser* (Archon Books, 1972), pp. 370-72.

（一一） Gross, p. 228.

（一二） ジェラーは、「キャリパインの無様な姿は、第五巻、六巻の根底にひそむ深いペシミズムのしるしである」と記す。Geller, p. 51.

（一三） Neuse, p. 374.

（一四） John D. Bernard, *Ceremonies of Innocence: Pastoralism in the Poetry of Edmund Spenser* (Cambridge, 1989)の表題を借りた。

（一五） Bernard, p. 149.

（一六） R. F. Hill, "Colin Clout's Courtesy". Hamilton, p. 222.

（一七） Bernard, p. 151.

（一八） Rosalie L. Colie, *The Resources of Kind: Genre-Theory in the Renaissance* (University of California Press, 1973), p. 14.

（一九） Colie, p. 21.

（二〇） Peter Conrad, *The Everyman History of English Literature* (Dent, 1985), p.111.

（一一一）　Conrad, p. 114.

七　オウィディウス

一

『妖精の女王』全六巻の最後の二巻は、主役の騎士たちが自我の内部と外部から放たれる苦い批判にさらされて、いずれも当初は思いもよらぬ暗鬱な自己認識を強いられる。叙事詩の伝統に由来する英雄観が崩れ、ロマンスにふさわしい騎士道精神が詩的権威を失うのだ。スペンサーは長大な作品を執筆する経過のなかで、かねて抱いていた理念と構想から逸脱し、秩序ある「物語」を継続することが不可能になった。テューダー朝の政治的、文学的な理念によってスペンサーの詩的自我が育成されたことに間違いはないが、スペンサーは時代の理念ばかりか、おのれが書きついできた物語の展開にいつか不満を覚え、それらを裏切ることになる。スペンサーはテューダー朝的な「大きな物語」からおのれの物語を紡ぐことができず、そのためいくつかの『序曲』の異版を執筆したワーズワスのように、もう一つの『妖精の女王』を書いてもよかったが、騎士たちの逸脱と不安を残したまま物語を発展させる。『妖精の女王』の最初の諸巻にもスペンサーのロマンスに対する懐疑が見られるが、物語の後半に到ってそれが顕在化したのである。二人のスペンサーがいたと称してもいいだろう。それゆえに『妖精の女王』は、今日でも読むに耐える古典の地位を占める祝福にめぐまれたのである。

第五巻の騎士はグロリアーナの宮廷に帰る途中で、「中傷」と名づけられた老婆から、

……お前は男らしからぬ策略と
許されぬ非道によって自分の名誉を傷つけ、
正義の女神から授けられたあの輝く剣を
むごたらしくも多くの無実な者たちの
咎めなき血で汚した。

（五・一二・四〇）

と誹謗の声を投げつけられる。第六巻の終りでは、語り手みずからが、

多くの詩のなかで最も慎しいこの素朴な詩も、
私の旧来の作品と同様に、あの獣の毒を
含んだ悪意を逃れる望みはないであろう。
（六・一二・四一）

と慨歎する。「あの獣」とは、百あるいは千の舌で人を中傷する社会的、心理的、言語的怪物の「多弁獣《ブレタント・ビースト》」である。多弁獣が詩人に深傷を負わせる。しかし第五巻の引用と重ねあわせてここを読めば、スペンサーの内部にも多弁獣が住むと考えることができる。スペンサーはエリザベス女王の「憎むべきアイルランド政策の手足」（C・S・ルイス）[一]となり、イギリス植民地主義に加担したことの疚しさを本能的に自覚していたような印象を受ける。これまでアイルランド反乱軍の大量虐殺をその目で見ながら『妖精の女王』の著述に怯むことがなかったのに、いまや「男らしからぬ策略と許されぬ非道」によって「多くの無実な者たち」を血で汚したことにみずから傷つくのである。『妖精の女王』の騎士道的な破邪顕正の物語のうちに心理的な自我の劇を読むならば、老婆の罵詈雑言は深傷を負ったスペンサーの自我の声だったといっていい。多弁獣の「毒を含んだ悪意」は自我の内部に醸成される破壊衝動と考えることもできる。ケネス・グロスが、この黙示録的な怪獣に関して、「外部からの脅威に対する応答であるばかりか、詩人の自我と詩の内部に築かれた不定形の暴力」である(二)とシンボリックな解釈を示すが、それに私は異論がない。

スペンサーにおいて神話形式の作用が活力を失おうとしている。しかしこの多産な詩人は、『妖精の女王』と同じ詩型で百十六連、千行あまりを書き加える。書籍出版業者マシュー・ローンズがスペンサーの死後十年を経て、それを第七巻として収めた『妖精の女王』の増補版を刊行するのである。ローンズはその千行あまりの詩句について、「詩型と内容の双方から考慮して、『不変』(Constancie) の物語と題される『妖精の女王』後続の一巻の一部をなすと思われる。未発表作品である」と記す。この第七巻が先行する六巻とどのような関係にあるか議論のあるところである。大方の見解は、第七巻を「『妖精の女王』全体に対する独立した回顧的注釈」、「順次読んだあとに生れる満足すべき分析としての終結部」と見る点で一致するように思われる。(三)「スペンサーは、十二か月に割り振った牧歌(『牧人の暦』)で詩人の生涯を始め、時間と季節のパジャント(『妖精の女王』七巻七篇)でその生涯をしめくくる」(四)とブリッセットは興味深い論じ方をしている。第七巻は二篇および二連からなるが、最終の二連は純粋な宗教詩で、スペンサーのほとんどなまの宗教的感情を吐露し、結尾部《コーダ》として、また取消し《パリノード》の詩としての機能を果たしているようにみえる。

第七巻の舞台はアーロー山とその付近に繁茂する森に設けられ、そこは依然としてヴェールがかかった幻想の世界、スペンサー特有の「周辺的(五)」な妖精の国である。語り手はいつものように、「むかし人が言うのを聞いた話」（七・六・一）という形で物語が展開する。『妖精の女王』においては、日常的な経験とは時間的、空間的にも二重にも三重にも隔てられた、おぼろげにしか見えない場所で、妖精の騎士たちが活動するのだ。そのような詩的構造のなかで、スペンサーはふたたび詩人としての再生をはかる。スペンサーがこれまでに何回となくおのれの詩神に向って、「陽気な船人よ」、「陽気な働き人よ」と呼びかけていたことを思いだす。第七巻は、世界の不確定性（「変化しないものは存在しない」）を主要なテーマとする。だがスペンサーは、一定の観念に由来する神話的思考に疑問を投げかけ、既成の判断を避けるようにつとめて漸次究極的な認識に到達しようとする。現存する第七巻の本文には騎士は姿を見せない。第六巻まではまず騎士が登場し、騎士が遊歴する経過のなかで各巻特有のテーマに対面する。第七巻では解決すべきテーマを具体化する場面がまず設定される。スペンサーは自分が政治的、倫理的に「堕ちた世界」に生きているにすぎないことを思い知らされ、騎士道的倫理に支えられていたはずの世界の意味を新たに模索しようとする。「大きな物語」の存在を信じえたスペンサーに対して、反時代的な懐疑家スペンサーがあえて挑戦するといった趣きがあるといえよう。

第七巻は世界の不確定性をテーマとする詩篇だが、そのなかにファウヌスがディアーナの裸身をのぞき見するという、オウィディウスをパロディ化したエピソードを嵌めこんでいる。物語のなかの物語というオウィディウス的な形式だが、それはスペンサーが愛好するジャンル混淆の技法、「詩的世界を構成する類似物の並列」[六]の複雑な変種である。さらに詳細を見れば、第七巻は、叙事詩、神話的ロマンスのパロディ、仮面劇、論争詩、瞑想詩、抒情詩などの混成であり、ロザリー・コリーのいう「包括主義《インクルージョニズム》」[七]の詩を形成する。このことによりスペンサーは世界を多元的に表現しようとする意志を表明し、おのずから自然の豊穣性を示唆する結果になっている。

二

第七巻はミュータビリティ（変化、無常）と称される女巨人の登場に始まる。この女傑は月下の世界を支配し、「人びとを破滅させるために、残酷な遊戯にふけっている」（七・六・一）。そのために自然がつくりあげた秩序ある世界を変貌させ、自然の掟に破綻を生じさせた。だが彼女はそれに飽きたらず、「高い天上の帝国」をくつがえし、ジョーヴを権力の座から追い落とそうとして天上に向い、大気と火の領域を突きぬけて月に到達する。

女巨人はシンシア（キュンティア）の玉座に進み、金の魔杖を振りあげて威嚇する。らちが明かぬと見るや、彼女はジョーヴの「高い王宮」をめざして昇る。女巨人とジョーヴの言論の争いを経て、彼女は「自然の女神」の審判を仰ぐことを求める。ジョーヴがそれに応ずる。審判の場所はアーロー山だ。スペンサーはここで、かつて「聖なる島の峰々で最も美しい山」が、いまや「最も醜悪不快な山」に変貌した次第を語る。それが神話的ロマンスのパロディといえるファウヌス（フォーナス）の物語である。このあとスペンサーはいにしえのアーロー山に戻るが、ここに神々が参集し、すべての生き物が傍聴人となって審判が開始されるのである。その後で女巨人による仮面劇仕立てのパジャントが繰りひろげられる。春夏秋冬、三月に始まる十二か月、昼と夜、時間、最後に生と死の仮面をつけた人物たちが列をつくる。審判は、自然の女神の手短な判決によって終了する。女神は、「万物は変化を求め、みずから拡大しながら当初の状態に帰る。だがいずれ万物が一変する時が来るであろう」（七・七・五八）と宣告する。ただちに語り手は「こうして女巨人は論破され、沈黙させられた」（七・七・五九）と言葉少なに記す。

　第七巻が変化（あるいは不変）をテーマとして歌うからには、スペンサーはやはりオウィディウスの『変身物語』に帰らなければならない。前記した並列の方法に関して、スペンサーはこのローマ詩人から多くを受け取る。『変身物語』は、さまざまな神話、伝承、歴史、地誌、観念を並列的に積み重ねた作品だった。[八] スペンサーは叙述の方法に関して影響を受けただけではない。『変身物語』は『妖精の女王』の細部にまで影を落としている。しかしスペンサーは究極的には女巨人ばかりか、オウィディウスをも「論破し、沈黙させる」気配である。ファウヌスの間狂言めいたエピソードはオウィディウスに多く負いながら、この古典詩人を忠実になぞってはいない。

ファウヌスの物語はこうだ。ディアーナはアーロー山を好んで訪れ、その谷から湧きでる泉で入浴し、あとで柔かい草の上で身体を休めていたが、「馬鹿な神ファウヌス」がディアーナの裸身を見たいと考える。ファウヌスはディアーナの侍女モランナに言葉巧みにもちかけて、ディアーナの水浴が見える場所を教えよとせがむ。

無知な娘はすぐに言うことを聞き、
ただ一人を除いてだれも見たことのないものが、
そっと見られる場所にファウヌスを導いたが、
その一人（アクタイオン）は無謀な所業の報いとして、
狩人の姿のまま自分の猟犬どもに噛み殺されてしまった。
さてディアーナは天気のよい日の常として、

妖精たちを引き連れ、この美しい泉に
やってきて、服を脱ぐと、ジョーヴにこそ
ふさわしい餌である美しい身体を水に浸した。

そこでファウヌスは大いに目を楽しませ
心をぞくぞくさせるものを見たが、
それを覗いてひどく喜び、
自分を抑えることができず、
突然笑いだし、大声で愚かな思いを
口に出した。何とも馬鹿なファウヌスよ。
おのれが祝福を受けたのに
隠しておけず、心の思いを声に出してしまうとは。……

（七・六・四五―四六）

ディアーナたちは走っていってファウヌスを捕え、裸にし、あざけり、ののしり、尾をつかみ、ひげを引っ張った。ファウヌスを散々なぶり者にすると、こんどはどんな罰をあたえたものかと考えた。凌辱に対するアングロサクソン人たちの伝統的な罰である去勢によって報復したらいいという者もいたが、そんなことをしたら、永久に生きていなければならぬ森の神の一族を根絶やしにしてしまうだろう。

川のなかを追い回して、頭を水に浸けたらいいと言う者もいたが、それでは軽過ぎる罰と思われた。そこで大多数の賛成をえて宣告が下されたが、それは鹿の皮を着せ、その姿で猟犬に追わせ、助かるか否かは本人次第というのであった。

（七・六・五〇）

他方ディアーナは裏切者モランナの所在を突きとめ、身体に石をくくりつけて水中に沈めたが、ファウヌスは当初の約束に従って、彼女を恋人のファンチンと結婚させることになる。モランナとファンチンとは実はアイルランドのベハナ川とブラックボーン川で、小規模ながら「川の結婚式」が催される。しかしディアーナはこの地に嫌気がさし、以後そこを見捨てることになり、アーローの森は狼と盗賊が闊歩する荒蕪の地と化する。

このエピソードはオウィディウスに負うのだが、裸身のディアーナの姿を見て鹿に変えられ、おのれの猟犬によって殺害されるアクタイオン、「全能の神ユピテル」に襲われて妊娠し、ユーノによって動物に変身させられるカリスト、また河神アルペイオスに追われ、泉となって難を避けるアレトゥーサ等の物語を取りいれている。(九) ファウヌス物語は、オウィディウスの伝えるアクタイオンの悲話に構成が似ているが、スペンサーの方が粗野で喜劇的な描写である。滑稽な文体が特色をなし、また悲劇的な結末を回避しているゆえ構成は字義通りに喜劇的である。猥雑なポルノグラフィの趣きさえあるといえる。オウィディウスのアクタイオンは狩猟を中断し、真昼時、ディアーナゆかりのガルガピエの谷にさしかかり、たまたまディアーナの裸体を見てしまったのだ。「運命が彼を招きよせたというほかない」。ディアーナは激怒し、アクタイオンは雄鹿に変身させられて、自分が飼っていた猟犬に追いまわされ（語り手はここで恐るべき四十ほどの猟犬の種類をカタログ風に列記し）、やがて息絶える。しかも「アクタイオンが息絶えるまで、矢筒をもつディアーナの怒りは宥められなかった」。

アクタイオンが処女神の聖地にまぎれこんだことが悲惨な不幸の始まりだが、それは偶然のことにすぎなかった。受けた罰は苛酷で、アクタイオンは「言語不能のエンブレム」(一〇)（「気はあせっても、言葉が出ない。犬たちの吠える声だけが空中にこだまする」）と化して虐殺される。オウィディウス自身も、「咎められるべきは『運命』であって、アクタイオンに罪はない」と訴える。アクタイオンの祖父であるテーバイ王カドモスは、アポロンの神託によって首都ボイオティアを築き、やがてテーバイは隆昌に向った。軍神マルスと愛の女神ウェヌスのあいだに生れた娘を妻に娶り、多くの娘や息子や孫にも恵まれた。神々がカドモス一族に嫉妬したのだろうか。いずれにせよ、世間知らずの青年が「聖なる報復」を受けた。

そこからオウィディウスの「古代の神々に対する不満、批判」が噴流し、芸術的創造の契機が生ずることになる。ホラハンは詳細な議論のなかで、この点に関して次のように記す。

> 端的に言って、古代の神々は、世界を超越し、かつ世界に内在する力、つまり自然力を表わす。だが自然的世界はおのれの欲望のほかに論理的、倫理的な掟に欠ける。オウィディウスの課題は、聖なる古代神話から人間の苦悩という新たな劇を仕立て上げ、神々の受けいれがたい力の抵抗手段として芸術という人間的な視野を確立するところにある。(一二)

オウィディウスに比して、スペンサーのディアーナにはファウヌスに対する「息絶えるまで……怒りが宥められない」という峻厳さはない。ディアーナと妖精たちはファウヌスを軽微な罰に処した。またファウヌスは鹿の皮衣を着せられ、アクタイオンのように自分の猟犬ではなく、妖精たちの猟犬に追跡されたにすぎない[一二]。

　スペンサーがオウィディウスから継承した相続物は『変身物語』のエピソードにとどまらない。リングラーによれば、[一三]『暦』第二巻に記述されたルペルカーリア（ファウヌスと同一視されるルペルクスのための祭礼）の儀式がスペンサーの関心を引いた。その日ルペルクスの神官が生贄の山羊の皮で鞭をつくり、市壁にそって裸で走りながらその鞭（「浄化の鞭」）で人びとを叩いて、豊穣、多産を祈願した。その由来をオウィディウスはこう解説する。かつてファウヌスは樹木繁る岡のあたりから、リュディアの女王オムパレーが大力無双の恋人ヘラクレスといっしょに歩いているのを見て欲望を刺激される。夜になってファウヌスはオムパレーの元に忍びこむが、女装して寝台に横になっていたヘラクレスをオムパレーと思いこみ、不届きな所業に及び手痛い目にあう。こうして、衣裳をまとったことのないファウヌスは衣裳を憎むようになる。山羊の角と足をもった半人半獣の森の神が鹿の皮衣を着せられて猟犬に追われるというスペンサーの着想は、喜劇性の濃いアイロニーに色彩られている。裸身をのぞき見した者が衣裳を着せられ、ひとり山野を走っていた者が不本意に追いまわされるというわけだ。自然またはエロスが文明またはタブーに挑戦して報復されたのだが、文明からの報復はゆるいものだった。オウィディウスにとって自然が「みずからの欲望の他に論理的、倫理的な掟」を欠くのに対して、スペンサーの自然は文明によって醇化されうる生命力と豊穣性を象徴する。スペンサーの倫理観から見て、アクタイオンに加えられた「聖なる怒り」は不合理なものだった。

だがファウヌス挿話は単にエロティックな笑劇にすぎないのだろうか。グロスは、ファウヌスが「自分を抑えることができず、突然笑いだし、大声で愚かな思いを口に出した」ことから「ボッカッチォの笑い」を連想する。(一四) ボッカッチォは『異教の神々の系譜』第一巻の冒頭で、神話以前の原始的神格デモゴルゴンに大地の奥深くで出会った次第を書いている。デモゴルゴンは顔面蒼白で髪は蓬々として身体から悪臭を放っていた。ボッカッチォは、「私はデモゴルゴンを見て、この神を万物の永遠なる父、最初の創造神であり、それが大地の奥底に生きていると考えた古代人の狂気を思い、われ知らず笑ってしまった」と記すのだ。ボッカッチォは異神の系統樹を描くにあたって、神話的世界に生命を付与しながら神話からの自己防衛につとめ、デモゴルゴン的世界に「魔法をかけ、同時に魔法を解く必要」（グロス）を感じた。古代の神を探求するボッカッチォを人文主義者ボッカッチォが笑ったともいえる。つまりグロスが記すように、「笑っている人間が、奇妙なことに、同時に笑われ、皮肉られている」。ボッカッチョの笑いをここであげるについて、グロスはミハイル・バフチーンの労作『フランソワ・ラブレーの作品と中世・ルネサンスの民衆文化』に示唆を受けたと書いている。ラブレー的な笑いは「防御と解放の身振り、肯定と否定の動作、嘲笑の対象を葬り去り、再生させる行為」だった。『異教の神々の系譜』では語り手のボッカッチョが笑い、笑われ、スペンサーの場合はファウヌスが笑い、笑われる。

ファウヌスの原型アクタイオンに戻るが、オウィディウスはおのれをアクタイオンに擬する。

私はなぜ見たのか。なぜ見るべからざるものを見たのか。
なぜ無思慮にも見たことを隠していたのか。
アクタイオンはわれにもなく裸のディアーナを見たが、
そのためおのれの猟犬の餌食になったのだ。
（『悲歎の詩』二・一〇三―六）

オウィディウスはアウグストゥス帝の孫娘ユーリアの性的な不義に連座し、あるいは政治的内紛に関与し、そのために黒海沿岸のトミスに追放されたといわれる。(一五)オウィディウスは配流の地にあって、自分がアクタイオンになったことを深い悲しみをこめて歎くのである。アクタイオンの物語はその後さまざまな形で比喩化される。ジョルダーノ・ブルーノは『英雄的熱狂』中の有名なソネットで、やはりおのれをアクタイオンとして形象化する。それは聖なるものを自然のなかに追い求め、追い求めながらいつか逆転して追われるものとなり、主体と客体の神秘的な合一を経験する過程、「一なるもの」の想像的な把握を象徴化すると解釈されているが、(一六)汎神論者として焚刑に処せられる運命をみずから予感するような詩である。

無数の大きな犬がすばやく鹿をむさぼり食った。
普段なら鹿は、大股で軽やかに跳び、
見えにくい場所に逃げてしまうのに。
私もアクタイオンの鹿だ。心は天高くにある獲物に
ねらいをつけながら、犬たちが私に立ち向かい、
残忍貪欲な歯で私を噛み殺す。

スペンサーにとってアクタイオンといえるファウヌスはスペンサー自身だったかもしれないと考えるのである。ファウヌスと対照をなす人物は、恋に触発されて、真の美の幻想、美の極致をその目で見た第六巻の騎士キャリドアだろう。キャリドアはアシデイルの山中で、ヴィーナスに仕える美の女神たちが輪をなして踊り戯れる場面に遭遇する。ファウヌスは「だれも見たことのないもの」を見て、「大いに目を楽しませ、心をぞくぞくさせ」たが、キャリドアも「いままで見たこともない不思議な光景」に接し、「わが目を大いに楽しませ」、「わが目が妬ましい」ほどだった（六・一〇・一二）。キャリドアが美神たち（「百合のように白い百人の裸の少女」）の踊りに驚き、茂みから出て近づくと、彼女たちは一瞬のうちに消え失せる。この時キャリドアはファウヌスが受ける罰を予見するがごとくに、罪の意識を感ずる。「見てはいけないもの（あるいは、見ることのできぬもの）を無分別にも見ようとした私の罪」（六・一〇・二九）を目の前にいる羊飼いに訴えるのだ。キャリドアとファウヌスの審美的、反審美的な経験が意識的に同じ表現で描写されていることは明瞭だろう。すでに書いたように『妖精の女王』第五、六巻において、スペンサーのテューダー朝的な英雄観は崩壊しはじめている。アシデイルで見たヴィジョンについて、キャリドアは（またスペンサーも）「見てはいけないもの」という言い方をする。第七巻のスペンサーは逆転したヴィジョンによって、衰弱しかけたヴィジョンを強化しようとする。その補給源がファウヌスによって象徴される自然あるいはエロスだった。スペンサーは、笑い、笑われるファウヌスを演ずることによって自然性をふたたび獲得し、活力を失いかけた世界に生命を吹きこもうとする。スペンサーのヴィジョンは稀薄化して生命力を喪失しがちである。キャリドアもそれが「おのれの目を欺く魔法の見世物」(六・一〇・一七)ではないかと思い惑う。スペンサーはファウヌスによって「見たことのない不思議な光景」にエロスと野性を注ぎこみ、ヴィジョンの再生をはかったのだ。スペンサーはヴィジョンの肯定と否定とのあいだに揺れ、いまエロスの欲望に駆りたてられてファウヌスとなる。ヴィジョンを葬り去り、同時に再生させようとするのである。

三

第七巻の枠組みはジョーヴに対する怪物ミュータビリティ(変化)の反抗の物語である。第七巻を論ずる少なからぬ人たちが、ミュータビリティを『失楽園』のサタンと比較する。ブリッセットはこの女巨人について、「ミルトンの作品を誤読する文学的なサタン主義者たちの見るサタンと優に匹敵する地位を占める」と断定し、タンバレンやマクベスと比較し、さらに「読者や観客が、みごとに開始された行動がそれに応じて完了するのをつねに見たいと考えるのはフィクションの掟である」と考える。（一七）アンガス・フレッチャーも、言いよどむ気配があるが、「ミュータビリティの巨人的、サタン的とさえいいうる活力は、悲劇的な崇高さに欠けてはいない」と記す。（一八）反逆者として政治的支配を達成しようとするミュータビリティは、ジョーヴに「人間の目がまだ見たことのないものを見ようとする」（七・六・三二）とたしなめられる。確かにミュータビリティが繰拡げるパジャントは時間の円環的変転を巧みに表現し、また天上を支配するために訴える彼女の弁説は、社会的平等を主張する第五巻の巨人の雄弁とともに記憶に残る。しかしみずからが劇を演ずる自我追求者サタン（「叙事詩的英雄、劇的危機を克服する天才、弁論の巨匠、俳優」（一九））の自意識と自己愛を体現した英雄主義にはとても及ばないと言っておきたい。最後にはミュータビリティは、天上天下の支配権をえようとする論理を逆手にとられ、みずからの論理によって反論されるというアイロニーにみちた存在に落ちてゆくのである。

　いま述べた同一の論理による主張と反論はすでに『変身物語』のなかに見られる。オウィディウスは、「どんなものも、固有の姿をもち続けるということはない。万物の更新者である自然が、ひとつの形を別の形につくり変えてゆく。……私は確信するが、長いあいだ同じ姿のままでいるものは何ひとつないのだ」と、万物変身（転生）説を支持するが、同じ箇所で、「私の言葉を信じてもらいたいのだが、この全世界に、何一つ滅びるものはない。様々に変化し、新しい姿をとってゆくというだけのことだ」との信念を主張する。[二〇]それに対応してまずミュータビリティが、「動くものはすべて変転を好む。……この広い大宇宙のなかに確乎として永遠に不動なものは何一つない」(七・七・五五―五六)と、万物の変転について長広舌を振うが、「自然の女神」はミュータビリティの弁説をほとんど承認しながら、肝心要の部分でそれを否認するのである。

私はお前が申立てたことをすべて充分に考慮し、
万物は固定を嫌って変化することを認める。
だが正しく考えあわせてみると、
万物は最初の状態から変ってはおらず、
変化することによっておのれの存在を拡大し、
最後にはふたたび元の自分に帰って
運命に定められた自己の完成をなしとげる。
だから「変化」が万物を支配し統治するのではなく、
万物が「変化」を支配し、おのれの状態を維持するのだ。

(七・七・五八)

オウィディウスの見解が、ミュータビリティと「自然の女神」に分有されているような印象をあたえる。万物変転と万物不変を、スペンサーは嶮しく対立させている。しかし『変身物語』の記述は万物の変転を夥しく例示し、その意味を解釈することに費やされる。オウィディウスは物語の冒頭で、「私が意図するのは、新しい姿の変身の物語だ」と明言し、神々に対して「そのような変化を引き起こしたのはあなたがたなのだから……途絶えることなくこの物語を続けさせて下さいますように」と祈願する。(二一) ミュータビリティはオウィディウスの信条のパロディだったのだ。スペンサーはオウィディウスを広く受けいれながら、究極的にはオウィディウスに距離をおく。

「自然の女神」は、「万物は……変化することによって自分の存在を拡大し、最後には……自己の完成をなしとげる」と、スペンサーの最終的な見解を語る。万物は単に変化するだけではなく、変化することによって生成・拡大するというのだ。(二二) さまざまな被造物、生命体が、季節の変化に応じて萌え、成熟し、枯れ、ふたたび萌え上がる。ミュータビリティも「自然の女神」の支配に服し、独断的な変身の思想を捨てることになる。仮面劇的なパジャントを演出するミュータビリティは、「自然の女神」の判決から逸脱することができない。

万物生成の経過は、第三巻の「アドニスの園」でイメージ化されていた。数知れぬ「裸の赤子」が肉体の衣を着て、死を免がれぬ世界におくりだされ、やがて彼らはふたたびこの花園に帰ってくる。

彼らがふたたび帰ってくると、
もう一度この楽園に植えつけられ、
まるで肉体の腐敗や人生の苦痛を
一度も味わったことがないように新たに生長する。
このように彼らは何千年もここに留まり、
それから他の姿に装われ、
ふたたび移ろい易いこの世に送りだされ、
ついには初めに育ったこの楽園に戻ってくる。
このように彼らは古いものから新たなものに車輪のごとく旋回する。
（三・六・三三）

第三巻では、スペンサーはこの生命の園を超時間的な空間、「永遠の春」と「永遠の秋」が共存する楽園として描いた。「時間という乱暴者がいなければ、この快適な庭園に芽吹く草花はすべて幸せで、不滅の祝福を受ける」（三・六・四〇）とも記すが、「万物は永遠にして不変のまま持続する。生命が衰え、見える形態が消滅しようと、それが使い尽くされることはなく、無に帰することがない」（三・六・三七）と書いているのだ。それに対して第七巻では「時間という乱暴者」がミュータビリティを名乗り、語り手は冒頭から彼女の「残酷な遊戯」について記す。

この世のすべての事物を支配する「変化」の
車輪が絶え間なく旋回するのを見た人なら、
それによってミュータビリティが残酷な遊戯を演じ、
たくさんの人たちを破滅の淵に
引きずりこむのを知り、また感じとるだろう。

（七・六・一）

同じ伝統的な車輪のイメージによって、第三巻が「古いものから新たなものに」旋回する、春の野に出たような豊麗なエロスを象徴するのに対し、第七巻は人間の悲惨と呪咀を示して暗澹たる趣きを呈する。ここではスペンサーの瞑想は、前半の『妖精の女王』に比して退嬰的である。だがやがて生成的な自然循環論がミュータビリティの残酷な遊戯を制圧する。そして生成の神秘を形象化したものが「自然の女神」である。

……偉大なる女神、偉大なる自然の女神が
みごとな身のこなしと優雅な威厳を見せて出御された。
天上のどの神々、どの天使たちよりも
遥かに偉大にして、見上げるように大きな姿だった。
しかし顔と表情からは
肉体は男性なのか女性なのか
しかと見分けがつかなかった。
身体全体を包むベールによって
頭と顔が隠され、だれにも見えなかったのだ。

（七・七・五）

第四巻で神殿に位置するヴィーナスも薄いヴェールで姿を隠していたが、それは「人の言うところでは、女神が両性を一身に備え、男性と女性を一つの名（ヘルマプロディートス）

によって所有しているためだった」（四・一〇・四一）。「自然の女神」もヘルマプロディートスだった。十六世紀においては半陰陽者《ヘルマプロディートス》は男女の性的連続体の中間ではなく奇怪異形の者とみなされた反面、フィチーノからピコ・デラ・ミランドラ以降のルネサンスの思想家を経て、全体性、調和、実現、再統合、結婚の象徴と考えられるようになった。（二三）ヘルマプロディートスは二つの（または二つ以上の）原理が存在すること、その原理が統合されることを示す。スペンサーにおいて自然の生成力があまねく天地に充満し、再生のヴィジョンが詩的構想を支えていることを知るのである。スペンサーの宗教的感覚が普遍と自然を対立するものと考えてはいなかったともいえる。

　第七巻にはもう一人の神ジョーヴがいる。スペンサーにとってジョーヴは辺りを払う威厳にみちた神ではなかった。スペンサーはディアーナの裸の姿を描く時、「ジョーヴにこそふさわしい餌である美しい身体」（七・六・四五）と記した。妖術師ビュジレインの館の壁には、ジョーヴの性的冒険の数々を織りこんだアラス織が掛けられていた。オウィディウスも、機《はた》織り上手との評判のアラクネがミネルウァと競って織った「神々の非行を描いた織物」（二四）のなかに、ユピテルの猥色絵図を描きこんでいる。だがスペンサーの方がオウィディウスよりもはるかに詳細であるばかりか、エロティックな潤色が濃密である。オウィディウスが、「レダ。いま白鳥の翼の下に臥している」と簡単に報告しているにすぎないのに、スペンサーは一連全体を費して甘美に歌い上げる。

それからジョーヴは美しいレダを
情事の相手にしようと雪のような白鳥の姿をとった。
ああ不思議な技、詩人の流麗な巧みよ、
かの乙女の優雅な肢体を、焼けつくような
暑さを遮るために水仙の花園に眠らせたとは。
その間に活力溢れる白鳥は広い翼をひるがえし、
美しい胸の羽を整えて乙女に攻め寄る。
乙女は眠っていたが彼が突き進むのを瞼のあいだから
秘かに窺い、相手が情欲に燃えるのを見てほほえんだ。

（三・一一・三二）

ミュータビリティが演出する仮面劇でもジョーヴ由来の神話が春の季節の主要な構成要素となる。三月がヘレを誘惑しようとした雄羊（ジョーヴの変身像）に乗って現れる。四月はエウローペーを乗せて戯れた雄牛（これもジョーヴの変身像）に跨がって登場する。五月はレダの双子の息子の肩に乗って現れる。春のパジャントが祝祭の気分で迎えられる。「この乙女を見て、だれもが笑いさざめき、歓呼の声をあげながら踊りはねた」（七・七・三四）。ジョーヴの放埒な振舞いが春の歓喜の声によって祝福される。バロウは『妖精の女王』全体を視野に収めながら、「性的生成が人間生活の主たる目的となる」と定義される「中世的自然主義」という概念を提示し、「スペンサーは自然主義的伝統に深く浸されている」と記すのである。(二五) 前に遡るが、スペンサーが造形したディアーナは、オウィディウスによるディアーナより遥かに寛大な女神だった。ディアーナはファウヌスに死の刑罰を免除するばかりか森の一族の生成を保証するように配慮する。森の神が鹿の皮衣をまとって猟犬に追跡される図は、すでに記したごとく読者にスペンサーのヒューマーを感じさせる。スペンサーが人間に有無を言わさぬオウィディウス的な「聖なる報復」を退けたのは、スペンサーの自然に対する執着の表われである。

他方ジョーヴの放埒は露骨な自然性礼賛にみえるが、第三巻の場合はビュジレインの城のタペストリーに織りこまれたものであり、第七巻ではミュータビリティのパジャントで演出されたのである。またジョーヴもミュータビリティとともに「自然の女神」の支配を受ける。スペンサーは中世的自然主義に「深く浸されている」とはいえ、自然性に一定の秩序を課したと考えるべきである。スペンサーの自然主義は、それに耽溺して秩序ある現実に帰還できないといったものではない。ここでもスペンサーは普遍と自然、秩序と生成のあいだを往復し、その上に『妖精の女王』の全体が構築される。普遍と自然から詩的体系が形成されるのであれば、両者のあいだの往復は不可避であり、『妖精の女王』がたえざる往復運動によって「終りなき作品」となるのは芸術的な祝福であろう。

註

（一）C. S. Lewis, *The Allegory of Love* (Oxford, 1936), p. 349.

（二）Kenneth Gross, *Spenserian Poetics: Idolatory, Iconoclasm, and Magic* (Cornell University Press, 1985), p. 229.

（三）A. C. Hamilton (ed.), *The Faerie Queene* (Longman, 1977), p. 711.

（四）William Blissett, "Spenser's Mutabilitie" (1964) in A. C. Hamilton (ed.), *Essential Articles for the Study of Edmund Spenser* (Anchor Books, 1972), p. 253.

（五）David Evett, "Mammon's Grotto: Sixteenth Century Visual Grotesquerie and Some Features of Spenser's *Faerie Queene*" in *English Literary Renaissance* (Spring, 1982), p. 204.

（六） Peter Conrad, *The Everyman History of English Literature* (Dent, 1985), p. 23.

（七） Rosalie L. Colie, *The Resources of Kind: Genre-Theory in the Renaissance* (University of California Press, 1973), p. 21.

（八） オウィディウス研究家のセアラ・マックが次のように書いている。「『変身物語』と『アイネーイス』のような詩との主要な相違の一つはエピソードの独立性である。……オウィディウスはウェルギリウスのごとく個々のエピソードを統一された全体として合成せずに、しばしばおのれが語る物語の個別性を強調することにつとめているようにみえる」。Sara Mack, *Ovid* (Yale University Press, 1988), p. 109.

（九） それぞれオウィディウス『変身物語』（中村善也訳、岩波文庫）上巻一〇三―八頁、七〇―七五頁、二一二―一六頁参照。

（一〇） Michael Holahan, "Iamque opus exegi: Ovid's Changes and Spenser's Brief Epic of Mutability" in *English Literary Renaissance* (Spring 1976), p. 248.

（一一） Holahan, pp. 250-51.

（一二） アクタイオンに鹿の皮衣を着せて描写する文献があり、皮衣を着せるのは鹿に変身させることの比喩にすぎないとする説があるが、ここでは両者の区別に意味があると考えたい。*Cf.* Gregory Nagy, *Greek Mythology and Poetics* (Cornell University Press, 1990), p. 264.

（一三）Richard N. Ringler, "Faunus Episode" in A. C. Hamilton (ed.), *Essential Articles* (Anchor Books, 1972), pp. 293-94.

（一四）Gross, pp. 241-44.

（一五）レナムはオウィディウスの詩の根本的性格を反アウグストゥス的と考え、「オウィディウスはアウグストゥスの孫娘ユーリアの私室を覗いた時ではなく、彼女の祖父の本心を見た時に逮捕された」と書いている。Richard A. Lanham, *The Motives of Eloquence: Literary Rhetoric in the Renaissance* (Yale University Press, 1976), p. 63.『雄弁の動機——ルネサンス文学とレトリック』（ありな書房、一九九四年）八四頁。

（一六）Frances A. Yates, *The Art of Memory* (University of Chicago Press, 1966), pp. 313-14. Ioan P. Couliano, *Eros and Magic in the Renaissance*, tr. Margaret Cook (University of Chicago Press, 1987), pp. 74-75.

（一七）Blissett, pp. 255-260.

（一八）Angus Fletcher, *The Prophetic Moment: An Essay on Spenser* (University of Chicago Press, 1971), pp. 222-23.

（一九）Conrad, p. 244.

（二〇）中村善也訳、岩波文庫下巻、三一一—一二頁。

（二一）同書、上巻一一頁。

（一二）木田元氏は『ハイデガーの思想』（岩波新書、一九九三年）のなかで、ニーチェが未完の論文『ギリシア悲劇時代の哲学』のなかで「万物を自然《ピュシス》と見、万物のうちに生成を見るアナクシマンドロスやヘラクレイトスの教説のもつ意味を説き明かし」（一二七頁）、ハイデガーが『存在と時間』のなかで、「本来的時間性にもとづく新たな存在概念を構成し、もう一度自然を生きて生成するものと見るような自然観を復権することによって、明らかにゆきづまりにきている近代ヨーロッパの人間中心主義的文化をくつがえそうと企てていた」（一四〇頁）と記している。

（一三）Raymond B. Waddington, "The Poetics of Eroticism" in Claude J. Summers & Ted-Larry Pebworth, *Renaissance Discourses of Desire* (University of Missouri Press, 1993), pp. 16-17.

（一四）岩波文庫上巻、二二六―七頁。

（一五）Colin Burrow, "Original Fictions: Metamorphoses in the *Faerie Queene*" in Charles Martindale, *Ovid Renewed* (Cambridge, 1988), pp. 106-7.

あとがき

スペンサーの『妖精の女王』を読みながら、私は悠々と流れる大河のごとき長大な物語に圧倒され続けた。スペンサーにすれば語って尽きることのない「終りなき作品」である。スペンサーが語りつぎ、歌いつぐうちに、妖精の騎士たちはいつか生命を吹きこまれ、それに応じて失策を重ね、錯誤に陥り、ついには聖なる使命を帯びた騎士が騎士であることにみずから疑いを抱くようになる。リチャード・レナムが『雄弁の動機』(ありな書房、一九九四年)のなかで

『妖精の女王』の支配的な構図は、静止的なヴィジョンともいうべきテューダー朝的な観念の賛美であり、祝福である。だがこの詩がつくり上げる人物のイメージは、生来激情にそそのかされ、静止状態を保つことができず、たえず正道から逸れる存在として描かれる。(邦訳二六九頁)

と記す。レナムは、ルネサンス文学とレトリックの関係を論じながら『妖精の女王』には

僅かに触れるだけなのだが、私は偶々レナムの文章を読んで共感を覚えた。本書の後半はレナムの所説に支えられて書いた。

果てしなく続く『妖精の女王』はさまざまな神話・伝承・物語を積み上げる。『妖精の女王』を物語の物語と称することができる。そのことをピーター・コンラッドが『エブリマン英文学史』のなかで力強い筆致で書いている。

『妖精の女王』は真に生成的な作品で、スペンサーはみずから創造した旺盛なアドーニスのごとくに、「すべて形あるものの父」である。……あらゆる物語の恵み深い相互の連絡者、融合者なのだ。……『妖精の女王』において文学の全体が活力ある姿を見せる。スペンサーの戦略は、みずから記録したはずの物語を単に要約したにすぎないと示唆するところにある。（一一一頁）

『妖精の女王』の豊潤・華麗な物語が生れる事情を言い尽している。私は二人の卓抜な批評家の所見を長々と敷衍しただけなのかもしれない。彼らの見解に些少なりとも何事かを加ええただろうか。

『妖精の女王』はスペンサーの生前、六巻が刊行され、他に第七巻として千行あまりの断章が残されている。総行数は三万四千行に近い。各巻の巻頭には、登場する主要な騎士の名前に続けて、それぞれ神聖、節制、純潔、友情、正義、礼節、無常といった徳目がテーマとして記されている。本書はそれと異なる表題を各章に当てた。考えたことを簡単に言えば、「一　ミルトン」は近代性を備えたミルトンに対比して神話的世界に生きるスペンサーのことを書き、「迷妄の森」に象徴される妖精の国について考察した。「二　時間」は、第一巻の騎士が天地を貫く直線的な上昇と下降の時間をたどるのに対して、第二巻の騎士は水平的、円環的な時間にそって活動することを記した。第一巻は一定のヴィジョンを描くことができたが、第二巻は怪物の住む不可思議な自然、また人間の脆弱な意志に関心を集中し、スペンサーはヴィジョンと現実のあいだをたえず往復する。「三　自然」は、自己愛やペトラルカ主義的な女性崇拝を克服するものとして、生命がつねに再生される「アドーニスの園」をおいた。それは生命力に富む自然の美しい形象化である。

第四巻はテムズ川とメドウェイ川のいわゆる「川の結婚」に対する祝福が中心になるが、「四　想像力」は諸家の説を援用して、それが自然賛歌であるとともに、「一度に多くを語る」（さまざまな言語的表象を統合する）スペンサー的想像力の発現であることを強調した。「五　自我」では第五巻の眼目であるはずの政治的な正義の破綻を取上げ、そのことを通じて騎士の自我の成長が描かれると考えた。「六　言語」はいくつもの舌をもつ「多弁獣」が登場することに注目する。それは社会的、心理的、言語的に毒を放つ中傷の声であり、あまたの人物とともに中心的な騎士が深傷を負う。「七　オウィディウス」は、スペンサーがオウィディウスに倣いながら、その詩篇を書き変えることによってオウィディウスの批判者となる経過を追った。狩猟の女神の裸体を見て一人の青年が死の報復を受ける。スペンサーはそれを戯画化された筋書に仕立てて青年を救うのである。

原稿の初出誌と時期は本書の掲載順に、『オベロン』(南雲堂）五〇号（一九八七年)、五一号（一九八八年)、五二号（一九八九年)、『紀要』(中央大学文学部文学科）六八号（一九九一年)、『オベロン』五三号（一九九〇年)、『紀要』七〇号（一九九二年)、『フォリオａ』(ふみくら書房）四号（一九九五年）である。各誌の編集者に感謝したい。「想像力」の章は日本英文学会六二回大会で発表した。また「オウィディウス」の章は、福田・川西編『詩人の王　スペンサー』(九州大学出版会、一九九七年）に縮小されたものを寄稿した。今度これらを一書にまとめるに当って文章に修正を加えたが、議論の骨格は変ってはいない。

『妖精の女王』を引用するに当って、熊本大学スペンサー研究会訳（文理書院、一九六九年）を参照させていただいた。そのことを感謝とともに記しておきたい。その新訳（和田、福田訳、筑摩書房、一九九四年）は、本書を執筆し始めた時にはまだ刊行されてはいなかった。今度それと照合することができなかった。本書を刊行するに当って、昨年米寿を迎えられた加納秀夫教授の学恩を思うのである。また前社長の故森政一氏のご好意、現社長の森信久氏のご助力に感謝の気持を表したい。里見時子さんに編集の労をとっていただいた。

早乙女　忠

二〇〇〇年十月

著者紹介

早乙女　忠（さおとめ ただし）
一九三〇年東京都に生まれる。一九五八年東京都立大学大学院人文科学研究科（英文学専攻）博士課程修了。
中央大学名誉教授。
著書　『想像力と文体』（南雲堂）、『花のある森』、『森のなかで』（朝日イブニング・ニュース社）
翻訳　ヒューズ『呪術─魔女と異端の歴史』（筑摩叢書）、アルヴァレズ『自殺の研究』（新潮選書）、デイシャス『イギリス文学散歩』、キッチン『詩人たちのロンドン』（朝日イブニング・ニュース社）、レナム『雄弁の動機』（ありな書房）

象徴の騎士たち
─スペンサー『妖精の女王』を読む

二〇〇一年六月一日　初版発行

著　者　早乙女　忠
発行者　森　信久
発行所　株式会社　松柏社
〒一〇二─〇〇七二　東京都千代田区飯田橋一─八─一
電話〇三（三二三〇）四八一三（代表）
ファックス〇三（三二三〇）四八五七

装丁・ローテリニエ・スタジオ
製版・モリモト印刷（株）
印刷・製本（株）平河工業社

ISBN4-88198-961-8
定価はカバーに表示してあります。